for you…
大切なあなたへ

「for you… 大切なあなたへ」発刊委員会・編

文芸社

目次

祖母の言葉と大ケヤキ……山極　尊子　8
タンタンとモクモクと……勝山　淳　14
やらないで後悔するより、やって後悔した方がいい。……小倉　彩心　20
その手の温もり……KAKO　23
緊迫の30分……穂高　萌黄　27
夜明けを待つ歌……Izuho-nium　31
いとまごい……安田　たんぽぽ　39
おかあさん……きむら　まい　45
ホットチョコレート……木本　伸二　52

あなたに。……月並　ハイジ　59
君の下へ、星空を……颯海　陽気　66
イタズラなチョコ……二田　久美子　72
ハート型のクッキー……波上　カケル　76
September……シルバーのりぼん　79
異国から来たあなたへ……羊たち　85
カノア……珊瑚（さんご）　90
夜明けまで……紫　衣織　94
最後のバレンタインチョコ……アイキＡＣコージ　98

もう愛していないと思っていた……榀海紀子　104
私の。……菅原　悠人　106
好物……たちばな　114
言葉で抱きしめて……菱間　まさみ　117
柔らかいコミュニケーション……けん　122
よろずお片付け同好会……中川　浩　127
世の中の役に立つ人になってくれてありがとう……大須賀　一夫　135
銀杏くん……晩夏　139
無駄話……山田　志穂　143

線香花火 …………………………………… 渡邊　りりあ　166
走れ、ハル！ ………………………………… カモチ　ケビ子　174
親子水入らずドライブ ……………………… こげちゃん　181

祖母の言葉と大ケヤキ

山極　尊子

　埼玉県道一号さいたま川口線、通称、第二産業道路の中央分離帯には、私が生まれる前から、それはそれは大きなケヤキの木が立っている。空に向かって四方に伸びる枝たちと、それを覆い隠すほど青々と茂った葉っぱたち。道路の真ん中にあるとは思えないほどの昂然とした美しさは、道行くものを魅了している。普通の木と違うところは、コンクリートの道路に囲まれながらも太い根をおろして頑張っているところだ。傘状に大きく葉をひろげたこの大ケヤキは、まるで孔雀が羽を広げたように力強く、息を飲むほどかっこよかった。

　祖母は小さい頃から、私の手を引いてこの道路ぞいをゆっくりと散歩した。そして決まって大ケヤキの前で立ち止まると、

「力強くて、立派だねぇ。すごいねぇ」

と惚れ惚れとした顔で眺めるのだった。

祖母にとって、その木は生命力の象徴だった。小さい時分から、祖母は私に「生命力」とは何ぞやを頻繁に言って聞かせていた。

生命力とは、つまり「生き抜く力」のことで、人間にはそれが何よりも重要だというのが祖母の持論だった。しかし、私はよく分からなかった。私の両親は共働き。昼夜問わず、忙しく働く姿を目のあたりにしていただけに、「楽して生きたい」と、生命力とは無縁の生活をしていたからだ。

そんなある日のこと。祖母がいきなり、

「あんた、あの大ケヤキみたいになりなさい」と言いだした。

「なんでまた大ケヤキ？」

そう私が尋ねると、祖母は膝の上に置いてあった新聞に目を落とし「自殺者」という見出しを指でなぞった。

「どんなに辛くても、あんたは親より先に死んじゃあいけないんだよ」

祖母はいつも若い女性の写真を肌身離さず、手帳に忍ばせていた。祖母は私に何も語ることはなかったが、私は知っていた。その人は病で先立った祖母の娘だった。

「あの大ケヤキはね、道路に囲まれたって、強く逞しく生きているじゃないか。あんたは苦労すると、すぐへたれちゃうから少しはあの大ケヤキを見習わないと」

祖母が大ケヤキを例にしたのは正解だった。大好きな祖母が、私の就職が決まったと同時に病に伏しても、あの大ケヤキを見るたびに、私は祖母とのやりとりを思い出したのだから。

「おばあちゃん、早く一緒に帰ろうね」

入院先で祖母に何度もそう言ったが、祖母は「帰りたいねぇ……」と言うばかりで、病状は一向に好転しなかった。

「どうやったら人間が、あの大ケヤキみたいになれるかしってるかい」

ある日、病室で祖母がこんなことを言いだした。

「へぇ、何か、秘訣でもあるの」

「あるさ。もうそろそろ、教えてあげてもいいかと思ってさ」

そう言って祖母は私の手を強く握りしめた。

「……人に必要とされることだよ。そしたら、ずっと生きていたいって思うからね」

祖母は泣いていた。

「あんたが、ばあちゃん、ばあちゃんって、必要としてくれたから、ばあちゃんは、いつまでも生きていたいと思ったんだよ」

私も祖母の言葉に涙が止まらなかった。

「お父さん、お母さんが仕事だったから、ばあちゃんが、あんたの面倒みなきゃと思って、そりゃあ、夢中だったんだ。でも本当に楽しかったなあ。あんたも誰かに必要とされる人間になりなさいね」

祖母は、その言葉を残してあっけなく死んでしまった。祖母の死後も大ケヤキは、変わらず中央分離帯にぽつんと立っていた。私は大ケヤキをまじまじと見上げた。祖母の言うとおり、大ケヤキは並々ならぬ生命力に溢れていた。通りすぎる無数の車、道行く人々に、臆することなく、夏は夏なりに見事な葉を天まで広げ、寒い冬は野性味溢れる枝を縦横無尽に伸ばしながら「自分のするべき役割」を全うしているように見えた。

こうして、祖母の死から四年後。二十八歳の夏に、私は勤めていた会社を辞めた。祖母が残してくれた言葉どおり「生きたいと思えるほど、人に必要とされる何か」を見つけたいと思ったからだ。考えた末、私は日本語教師という職を選んだ。自分が生まれ育った日本の文化を広めたい。そして異国の人たちに、日本語を教えることで、日本に興味を持ってもらいたい。そう思ったからだ。

二十九歳。そうして私は遅咲きながら日本語教師という道を歩みはじめた。初めての赴任先は、とある外国の田舎の高校だった。一歩校舎を出ると牛の鳴き声がうるさく家畜の糞の臭いが鼻をつく、そんなのどかなところだった。そして、そこは日本人に会ったことのない人たちばかりが住んでいた。生徒たちは、日本語を聞くと不思議そうな顔をし、私が話しかけると、怖がって逃げてしまうこともあった。何もかも一からのスタートだった。

頑張っても、やはり慣れるのには時間がかかるのか、生徒たちに怖がられてしまう時、私の胸は苦しくなった。しかし、そうは言っていられなかった。ここでは日本人は私しかいないのだ。私の態度が、全ての日本人の行動と見なされてしまうのだから責任は重大である。田舎に住む高校生は私を通して日本を垣間見る。私が音をあげてはいられない。そんな使命感を感じながら私は毎日を過ごした。たまに疲れたり、ホームシックで日本に帰りたくなったりした時には、「人に必要とされなさい」という祖母の言葉を思い出し、気を奮い立たせた。

こうして、十年という歳月が流れた。この十年、必死に頑張って生きてきたら、いつの間にか、多くの人たちが私を必要としてくれるようになっていた。教え子は千人を超え、早いもので社会人になって日本で働き始めた子も出始めた。

「先生、ありがとうございます」

その言葉が今は何よりも嬉しい。私の手から巣立った教え子たちは、私の教えた日本語で日本の方たちと仕事をし、交流を続けている。私は外国で暮らしているのに、教えた日本語は日本に帰り誰かの心に届いている。なんとも不思議な気分である。

「先生に会って日本が好きになりました」

「先生と話したいので日本語を勉強します」

誕生日になると、たくさんの生徒たちが手紙をもって私の家を訪れる。四十近くに恥ずかしい話だが、誕生日をこんなにたくさんの人たちに祝ってもらうのも悪い気はしないものだ。

人に必要とされて、私の人生はより一層豊かになった。祖母の言うとおり、人に必要とされると、生きることが楽しくなる。そして不思議と生きる力が湧いてくる。祖母の言葉は本当だったのだ。

今年の夏、私は久しぶりに実家に帰省する。あの大ケヤキは変わらず、青々とした緑を広げて、私を待っていてくれるに違いない。私は、あの生命力溢れる大ケヤキに、少しでも近づけただろうか。実家に帰ったら、祖母の仏壇に手を合わせながら、少し逞しくなれたのか、祖母に判断してもらおうと思っている。

タンタンとモクモクと

勝山　淳

受験まで半年ともなると、塾のない日は十六時には高校から帰宅する。親は仕事部屋で仕事。自室に入って教科書の入ったカバンをそのまま学習机の椅子にほうる。ベッドに横になり、枕元に置きっぱなしのゲーム機に手を伸ばす。スリープモードのまま、電源のケーブルは本体に挿しっぱなし。親に聞こえないくらいのボリュームにして、だらだらと時間を潰す。これが至福の時間。たとえ受験期だろうと続く俺の日課である。

数か月前まではベッドの向かいのテーブルに姉が座っていた。大学生の特権か、大学に行くのは午前中のみ。俺が帰宅する時間には基本家にいた。姉は美人ではないが、顔はそこそこ。黒髪は伸ばしっぱ。以前何となく、彼氏を作らないのか尋ねたことがあった。すると姉は「弟よ、大学では彼氏を作ろうとしないと、彼氏は出来ないものなのだ」と何かすごく当たり前のことを言っていた。化粧も流行にも疎い姉だ。そういうことにはあまり興味がないのだろう。俺が毎日ゲームをするように姉はずっとギターを弾いていた。姉は今年から社会人。帰ってくるのが遅くなった。

姉の学生時代はギター一筋。一度だけ姉のライブを見に行ったことがある。サッカーの応援は大好きな俺だが、バンドのライブは初めての経験。入口で渡されたドリンクチケットなるものを使いあぐねていると、ステージの上に姉とバンドのメンバーがあらわれた。イルミネーションみたいな青やオレンジ色のライトを一身に浴びて演奏する姉。見せ場のところでステージのど真ん中に移動した姉は文字通り眩しかったと思う。出番が終わり、皆に挨拶をして回る姉はテレビで見る芸能人みたいだった。こっちに気が付いた姉にドリンクチケットのことを茶化されたが、そのとき悪い気はしなかった。バンドが大好きな姉だがパリピという感じではない。普段は少し抜けていて、あまり周囲や流行に興味のない人だ。しかしギターには熱い気持ちを持っている。例えるなら姉は「淡々と黙々と」みたいな感じだ。姉のギターに対する姿勢は、どこか他人に流されない強さがあって、それはどこか俺にとって眩しい。

今年の四月。大学を卒業すると姉はあっさりプログラマーになった。驚きの一言だった。何となく姉は音楽のオーディションを受けたり、ギターレッスンとかの先生になるものと思っていた。それだけで食べていくのは難しいのかもしれないが、バイトで食いつないでいくんだろう、とか勝手に思ってた。いや、そういったイメージがあるというより、そういうことをしてでも何かを目指すことの出来る強さを姉は持っているものと思っていた。音楽系の学部で割とあっさりプログラマーになれたことにも驚いた。四年生の六月ごろには姉の進路はもう決まっていた気がする。

ある日、会社帰りの姉にふと聞いてみた。

「ギター辞めたの？」

「辞めてないよ」

ギターは弾いているが、当然練習時間は減った。平日は会社で、休みの日は外部のプログラミング講座。多分休日くらいは休んでもいいはずなのに。姉は勉強が嫌いだったはず。なぜ音楽と関係ない仕事についたんだろう。

俺は元々やりたいことも特にない。大学くらいは良いところにと思い、国立のとある大学を志望していた（ちなみに私立大学の受験科目がだいたい三科目なのに対し、国立は七科目もある……）。俺にはそこまで情熱を注ぐものはないし、別にわざわざ欲しいとも思わない。ゲームや流行、彼女、勉強、仕事などがバランスよくあれば至福。だから受験も、無茶するくらいなら目標を落としたらいいと思う。ちゃんとやれば普通に合格する目標を選択することが大事なのだ。ところが受験まで半年。肝心の勉強は思った以上にまずかった。時間を割いている英語の伸びが悪い。おまけに地学、生物など重要性が低いから後回しにした科目がほとんど手つかずだった。

母に国立を諦めたいと話すことにした。母は学歴にこだわりがない。「あんたらの好きにやりなさい」が口癖。実際姉の行った大学の知名度は高くない。大学生活も周囲が引くほどのギター漬け生活だったが、特に口を出さなかった。母なら志望校を変えると言っても「そっかー」の一言で済むと思っていた。

夕方、キッチンにいる母に声をかけた。今日の夕食はロールキャベツか。母に国立を諦める旨とその理由を話した。

「今から生物とか地学を始めるのはよくないと思う。それなら私立大学にして三科目に絞った方がいい。それに私立なら本来志望してた国立よりももっと高いレベルの大学も受けられると思う」

三教科に絞れば勉強の効率がずっと良くなるのは事実だ。母は眉間にしわを寄せたまま二、三秒黙っていたが、こっちを向いて「もう少し考えなさい」と言った。予想外だ。母はさらに何か言おうとした。俺は母の主張を遮って「でも！　受験する科目を絞れば……」と言いかけたが、今度は母が「そういうことを言ってるわけじゃないでしょう？」とぴしゃり。今度は母に遮られた。「これはダメだ」そう思った俺の足は、既に自室の方を向いていた。母はまだ話すことがありそうだったが、俺は無いと思った。そのまま自室に退散。ベッドで寝ても、目をつむると母とのやり取りが何度もループしていた。

インターホンが鳴って姉が帰ってきた。間が悪い。さっきのことを母と姉が話してるんじゃないかと思うと嫌だった。十分くらいして姉が俺の部屋に入ってきた。ギターの練習か。姉のギターも普段と違って聞こえた。姉がミスるとそこが気になる。「練習量が減ったからじゃないの?」と心の中で思った自分を慌ててひっこめた。中学生になって姉が初めてギターを買ってもらったとき、俺は兄弟平等の名のもとにテニスラケットを買ってもらった。あれは今どこにしまったっけ。ふいに姉が、「今日、ロールキャベツだって。あんたの好物じゃん」と言った。気を使われてるな。姉はいつも夕飯の話なんてしない。それくらい分かる。俺はその一言で、姉がさっきの話を母から聞いたことを理解した。「おーい、起きてんだろー」姉が足の裏をつついてきた。瞬間、俺は無性にムカついた。なぜか頭に血が上り、どうしても何か言い返してやりたい衝動にかられた。

「どうしてプログラマーなん?」

「フリーランスに憧れがあってなあー」

「何でギター弾かないの?」

「時間は減ってるけど、弾いとるぞー」

今でもギターを弾いてるのは知ってた。帰宅して十分後にはギターを弾いている。

「もしかして、ギターで食ってく自信がないの?」

やってしまった。八つ当たりは言葉を放った瞬間に気づいた。姉はこっちを向き一言。

「まあ自信はないけど、本気で目指してはいるわな」

怒るでも悩むでもない。あっさりと言われた。数秒前まで感じていた苛立ちは、姉への反省と姉からの返答ですっかり抜け落ちていた。この人はあの頃と何も変わっていないのだ。自信があるとかないとかを考えるわけでもなく、諦めるとか諦めないとかも考えない。姉はいつだって淡々と黙々と。プログラマーになったことも、今ギターの練習時間を減らしてプログラミングの勉強してることも全部ギターのためなのだろうか。本気で目指すというのはこういうことなのだろうか。本当は分かってた。母が言ったのは、俺が自分で決めた目標をあっさりと放り投げたことだ。今はまだ、夢に向かって努力なんて俺のキャラじゃないと思ってる。でも、もしもこの先、俺が本気で熱くなれるものに出会ったとしたら、俺はこんな風になれるんだろうか。

俺は姉を尊敬している。

やらないで後悔するより、やって後悔した方がいい。

小倉　彩心

「本校は、政府の要請に合わせて休校することといたします」

その瞬間は突然訪れた。昨日には、政府が全国一斉臨時休校の要請を出していた。だけれど、朝の会の時には、まだ少ない希望を信じていた。

私たちは、中学三年の最後の一週間を目前に控えていた。そして、その後の人生にとって大切な高校受験も控えていた。

私の頭の中は真っ白になった。この校内放送はこんな状況を知ってか、知らないでか、学年の卒業式練習中に流された。

その日は、偶然にも、三年生の餞別会の日。後輩たちの前で、それから同級生たちとどんな顔をして向き合えばいいのだろうか。ほんの一週間前までは、そんなことで悩む自分なんて全くもって想像できなかった。

やらないで後悔するより、やって後悔した方がいい。


あたりを見回すと唖然としている同級生に、少し目に涙を溜めている同級生の姿が映った。なんで、こんなことに……と思わずには、いられなかった。

私は実はその頃、ある友達とくだらない喧嘩をしていた。もう少しで、お互いが真剣に腹を割って話せるのではないかと、その時が来るのを待っていた時だった。

その人は、私のことをどう思っているのだろうか。私との仲直りはきっと別れの来る前にしてくれるのだろう。そんなことを言い訳にしながら一日、一日と先延ばしにしていた。同じクラスだったのなら、その時を逃しても同窓会で会えるのかもしれない。しかし、同じ部活に所属していたというだけの私にとって、そんなことは、夢のまた夢だ。

そして、私はその日勇気を振り絞ることが出来なかった。最後のチャンスは無きにしもあらずだった。しかし、反抗期とも言われる思春期真っただ中の私にとっては素直になれることなんて一瞬もなかった。

後一週間があれば、心の整理がついたのかもしれない。と、私はそう思いたい。そんな切ないどこにもぶつけることの出来ない気持ちを一生抱えながら生きていくことになる。私は、そんなことに耐えられるのだろうか。

「やらないで後悔するよりやって後悔する」

そのことをいつも自分の胸の内に留めて、必死に色々なことに食らいついていた。最後の最後に抱いたこの感情は、私がそれまでに抱いたことのないぐらい大きな気持ちの歪みをもたらした。

　その約二週間後、私たちは卒業式を挙行することになった。勿論、クラスの違うその人には、本当のことを伝えられなかった。本当のことを伝えられたなら、どんなに良かっただろうか。

こんなことを赤裸々に書いている今と同じように時計は感情の波を理解しない。私は、この先は同じことで後悔したくない。そして、それと同じくらいこれを読んでくださる方々にも、後悔をしてほしくない。

だからこそ、ありふれたことではあるのだけれど、この言葉を送りたいと思う。

「やらないで後悔するより、やって後悔した方がいい」

そして、大切な人と時を刻むためには、先延ばしにせず、想いを紡ぐべきである。つまり、

「善は急げ」

と。

その手の温もり

KAKO

「母が亡くなる」なんてまだまだずっと先の事だと思ってた。
「今年の正月は、何時帰って来る?」と3日前に電話があったばかりなのに……
母が危篤なんて……信じられなかった。
ICUの母は、人工呼吸器を付けて横たわっていた。
「あの時本当は苦しかったんじゃない……」「もっと話があったんじゃない……」
忙しさに早々に電話を切った自分を責めるしかなかった。
それでも、一時は回復し家に帰れると信じていた。

母は38歳で4人の娘の居る一つ年下の父と初めての結婚をした。今では珍しくもない晩婚だが、自分の子どもを育てるのも大変なのに、結婚と同時に血の繋がりの無い子どもの、しかも４人の娘の母親になったのだ。

母の口癖は、「私も継母に育てられたから……」

母が姉たちに愛情を注いでくれたからこそ、イジメられる事も無く皆に可愛がられて私は育った。

言葉に出来ない苦労も沢山あったに違いない。でも、いつも優しい笑顔の太陽の様な母だった。


私が姉たちと異母姉妹だと知ったのは、幼稚園の頃だった。

７つ違いの一番下の姉と喧嘩した時「本当の妹じゃ無いくせに……」と、何とも呆気なく周りの空気を凍らせた姉の一言だった。

今でも鮮明に覚えている、衝撃的な一言だった。

母は、幼い私にも誤魔化す事もせず、きちんと説明してくれた。

でも……その日から私の中で、母との繋がりがとてつもなく深い物になった。


主人とは、４年半の交際を経て恋愛結婚したが、私の結婚の条件は、

「もしも父が母より先に亡くなったら、残された母は、私が引き取りたい」

それだけだった。

主人は長男だったが、

「俺には弟が居るから……」

と、もしもそうなったら私の母と同居してくれると言ってくれた。

涙が止まらなかった。


同い年の主人とは24歳で結婚し今年で30年になる。

母が亡くなって20年……

いつもは、父が母に付き添っていたが、その日は父を休ませようと翌日の仕事を休んで病院に泊まっていた。

突然だった。

母と二人きりの病室……痛みに苦しむ母の手を握りウトウトしていた明け方、ピーと鳴り響く音に凍り付いた。

今でもその日の記憶が抜け落ちている。

母の死を受け止められなかった。涙が溢れて止まらなかった。

そんな放心状態の私の手を、何も言わずにそっと握りしめてくれた、主人の包み込む様な優しさに救われた。

出逢いから35年色々あった。

喧嘩も沢山したし、夫婦でいる事を諦めようとした事もあった。でもいつも私の手を離さずにいてくれた主人が隣にいた。私に笑顔をくれた。

コロナ離婚が囁かれる中、二人で寝室のＤＩＹを楽しんでいる。

「後何回二人で花見が出来るかなあ……あれもしよう！　これもしよう！」

と、忙しい毎日を送っている。

35年前主人に出逢えた事に、今は感謝です。

緊迫の30分

穂高　萌黄

「バスに間に合わなかったらどうなるの？」

タクシーの中で聞かれた。テレビを観ながら「晩御飯何にしようか？」とでも言っているような調子で。同じテンションで、

「普通はケンカじゃないかな？」

と私は返した。

「あんたのトイレが長いんじゃあ！　とか、おまえの化粧が遅いんじゃ！　とかさ」

「そっか、ケンカかぁ」

タクシーの運転手が静かに話に割り込んでくる。

「お急ぎのようでしたら、高速に乗りましょうか？」

「そうしてもらおうか」

全員がのんびりしているが、我々が乗ろうとしているのは、ターミナル駅から出発する完全予約制の高速バス。その駅に向かう電車に乗り遅れて一か八かでタクシーに飛び乗っているのである。年に一度のお楽しみ、雪深い奥飛騨に露天風呂と地元の料理を満喫しに行くのに、絶対乗らなければならない電車に、間に合わなかったのだ。寝坊したわけでもないのに。

運転手が少しだけ焦り出した。

「お客さん何時に着きたいの？」

我々が時刻を伝えると、小さく「むむぅ」と唸った。幸い高速道路は空いているが、ギリギリアウトの可能性もあるといったところだろうか。

実は一分一秒を争っているぼんやりした二人の視界に、見慣れたデザインの高速バスが飛び込んできた。ターミナル駅へ向かうべく、偶然同じ高速道路を走っていたようだ。

「あーっ！」

昭和の刑事ドラマのように、事態は急展開。後部座席から身を乗り出し、

「運転手さん！　あのバスを追ってください！」

人生に一度でも自分がこんな台詞を口にするとは想像した事もなく、全力で真面目に言いながらも、心の中で大笑いしてしまった。「そして、追い抜いて下さい！」

彼も私に続いて身を乗り出して言い出した。大の大人がかわるがわるぴょこぴょことモ

グラ叩きのように後部座席から身を乗り出し、今思えば運転手さんは冷や冷やしたのではないだろうか。それでも、

「あのバスに乗るんだね？」

間に合う確信が持てて安心したのか、運転手さんは静かに車を追い越し車線に移し、バスの前で再び走行車線に戻った。その後、土地勘のある運転手さんのおかげで、駅までの間に少しずつ差を広げ、我々は何事もなかったかのように、バスの到着を待つ列の最後尾に着いた。二人分の電車賃６００円の場所へ行くのにかかったタクシー代は５千円。

「いらん金使ってもうたやんけー。酒が呑めたやんか」

「それはそれ、呑んだらいいやん。しかし間に合うもんだねぇ」

と笑ってしまう二人。育った環境も性格も全く違うのに、なぜか好みが合い、一緒にいればピンチも楽しめるケンカ知らず。

結局、数時間後には壮大な雪山を見ながら露天風呂を満喫し、背丈より高く積もった雪で冷やしたビールを飲みながら、満天の星を眺め、酒代は5千円に満たないうちに、心と体が満ち満ちて、眠りについてしまうのだった。

二人はキリギリス。アリさんのように働いてもいるけれど、楽しむためにはパーッとお金を使ってしまう。笑いながら浪費し、お金なくなったねーと言っては笑っている。人生そのものがゴールのない二人旅みたいなものだ。結婚式を挙げたいと言ってみたらどんな

顔をするだろうと、時々想像すると楽しい。私が望んだ事はなんとか叶えたいと思ってくれる人だけれど、結婚式にかかる費用の分で旅行に行きたいと言うんじゃないかと期待している。私のおねだりが冗談であることまでお見通しで。きっと今のままだと、二人とも喋り疲れて、笑いジワのとれないおじいちゃんとおばあちゃんになる。そんなシワなら絶対ステキやんな。

夜明けを待つ歌

Izuho-nium

眠れなかった。スマホの画面を眺めながら、二度、三度寝がえりを打つ。何がこんなに胸を締め付けてくるのか分からない。外で、誰かの叫ぶ声がする。サイレンが鳴っている。雨音がする。本当は全部、空耳かもしれない。鬱々とした気持ちから逃れたくて、さっきから何度も何度もつけたり消したり、液晶画面を眺めている。何度時計を確認しても、一向に時間が進まない。進んでくれない。別に、明日が特別いい日だってわけじゃない。ただ、それでも、こんな夜よりはましかもしれない。そんな消去法で明日を待っている。本を読もうとか、映画を見ようとか、音楽を聴こうとか、そんな気分にもならない。だから、不意にコールした彼の番号なんて当てにしていなかったし、別に声を聞きたいわけでもなかったのに。

「どうしたの、急に」

絶対さっきまで寝てたでしょ。そういいたくなるほど寝ぼけた声が、コール先から聞こえてきた。

「ごめん、寝てたのに。でも私、眠れなくて」

思った以上に泣きそうな声が、口から出てきて驚いた。

「勘違いしないで、別に、そうゆんじゃないから」

思わず訂正してしまった私に、「ふーん、あっそ」なんてちょっと笑ってるのが憎らしい。

「じゃあ、お話でもしてあげよっか」

間延びした声で唐突過ぎる提案をしてくる彼は、思わず間抜けな声が出そうになった私のことなんて、まるでお構いなしに話を続ける。

「本当は、歌でも歌ってあげたいんだけど、今ぱっと思いつかないから」

お話って、子供じゃないんだから。それに歌って何よ。

「ちょっとメルヘンチック過ぎない？　どうしたのよ、急に」

ちょっとおかしくなって反論する私に、

「ほら、こういうときは、歌が始まるのが相場でしょ、お姫様の。でも僕、歌えないから。ギターもないし」

全く何の話をしているのよ。やっぱり寝ぼけているんだろうか。そう思いつつも、急に

コールしてしまった真夜中の迷惑に対して、付き合ってくれる彼の優しさが身に染みて、

「お願いするわ」と呟いていた。

「分かった」

そう言って彼は、話し始めた。星が囁くように、静かな声で。

「目を閉じて
呼吸を聞いて
夜空を思い浮かべて

世界を埋め尽くす
星の輝きが見えるかい
風が額を掠めていくね

ゆっくり
呼吸を取り戻して

星が瞬きを繰り返す

大地の冷たさを感じて
でも少し暖かいね
草が耳元で囁いている

大切な人は側にいるかい
その人は君に向かって
優しく微笑む

「ゆっくりお休み」

今だけは
何もかも全て
忘れてしまって

もし
君が孤独を感じているなら
僕が君のそばにいよう

君が深い眠りについて
最初の夢を見るまでは
君の隣で見守って居よう

眠れないという君が
囚われているのは哀しみかい

優しい月が
君を夢まで導いてくれる
僕も一緒にいるからね

「思い出してよ優しさを」

君は
世界の優しさに包まれている
そんなことないって?

そんなことないよ

小川のせせらぎが聴こえるかい
フクロウの唄が聴こえるかい
花々の寝息が聞こえるかい
あの一等星も側にいる

雲が
そっと影を落として
君が眠れるように
光を遮ってくれている

「忘れないでよ世界は優しい」

哀しみで包まれてしまうなら
泣いてしまったっていいんだよ
上手く泣けなくて苦しいのなら

無理に泣こうとしなくていい
無理に笑おうとしなくていい

「忘れないでよ歌を」

朝になったら消えてしまう
幻のようなものなのだけど
それでも君が
束の間でも安心して眠れるのなら

僕が君に歌を歌おう
僕が君の羊になろう
月になろう
風になろう
星になろう
花になろう
君を見守る夜空になろう

ほら瞼を閉じて
空を見上げて
呼吸を聞いて」

話し始めてしばらくすると、電話越しに寝息が聞こえてきた。「もう大丈夫そうだね」君から電話がかかってきたときは、少しびっくりしたけれど、「眠れない」なんて理由で頼ってくれたことが、本当に嬉しかった。明日になったら、またいつも通りのそっけない君に戻っちゃうのかな。そんな風に考えていたら、いつの間にか鳥の鳴く声が聞こえる。なんだ、もう朝か。結局僕は、眠れなかったな。
「おはよう、おやすみなさい」そう一言だけ呟いて、そっと君との通話を切った。

いとまごい

安田　たんぽぽ

柔らかな冬の日差しを一人占めにして、三毛猫の菜里が出窓で二回ノビをした。ネコ占いによればこれは吉兆だ。きっとあの人がこの店にやって来る。わたしはそう確信した。

滝沢修二さん、そして娘さんである由紀さんはこのお店の、そしてピアノ調律師であるわたしのお客さんでもある。遡ること八年前まで、わたしは中学二年生だった由紀さんにピアノを教えていた。そして昨年、調律を頼まれた訪問先が偶然にも、かつてピアノ教室の教え子だった由紀さんのお宅だったのだ。

遠慮がちにドアベルが鳴る。やはり修二さんだ。わたしは右手で軽くガッツポーズする。「いらっしゃいませ」はにかむような笑顔で小さく手をふり、修二さんはいつもの、入り口から二番目のカウンター席についた。

ごく小さなカフェだ。カウンターに椅子が五つと、四人用のテーブル席が二つだけ。アースカラーでまとめたシックな内装と、ウッディな調度で設えた空間は、狭いながらも心地好い。わたしは、そう自負している。

「由紀さん、保育士内定おめでとうございます。お父さんとしてもひと安心でしょう？」

修二さんが嬉しそうに頷く。修二さんの奥さん、つまり由紀さんのお母さんが亡くなってから八年になる。由紀さんはもちろんだが、お父さんもたいへんだっただろう。難しい年頃の娘を男手一つで育てる。その苦労は、わたしには想像もつかない。

あの頃、由紀さんがピアノ教室を辞める時に付き添って来られて、とても丁寧に挨拶してくれた修二さんを覚えている。

「由紀には、ピアノを続けるように言ったんですが、本人がもう辞めたいと」

修二さんの顔は、中学生の由紀さん以上に憔悴しているように見えた。恐縮するわたしに、幾度も会釈して歩み去って行く背中。そのあまりの淋しさに胸を打たれた記憶がある。

わたしは、六年前に母が亡くなったのを期に、ピアノ講師を辞めてこのお店を始めた。同時に、ピアノに関わっていたい気持ちから専門学校へ通い資格を取り、月に二回程度だが、お店と両立させる形でピアノ調律の仕事をスタートした。三年前のことだ。

「由紀もたまに、来てますよね？」

「ええ、月に二回か三回くらい。大学からの帰りに寄ってくれたりしますよ」

「川那部さんとはどんな話をするんですか？　実はここ三日ばかり会話していません。少し意見したら、娘の心配より自分の先行き考えなさいよって、叱られちゃいました」

修二さんが子供みたいにシュンとして言うものだから、わたしはつい、声に出して笑ってしまった。修二さんは、特に奥さんが亡くなってから、自分が由紀さんにとって良い父親ではない気がする。そう吐露した。男盛りのアラフィフで体格も立派な修二さんだが、そんな時は頼りなげで、何だか可愛らしい。

雪が降りそうな底冷えのする日曜日。栞里はいつの間にか壁際の籐カゴの寝床に納まっている。今日は暇ねぇ…。栞里の寝顔にしゃべり掛けた時、今度は由紀さんがやって来た。

「へぇー、お父さん来たんだ。何か言ってましたか？」由紀さんはたまたま、お父さんが座った同じカウンター席についた。

「あなたと喧嘩しちゃったって。お父さん、すっごく、しょげていたわよ」

由紀さんが言うには、喧嘩というより、一方的に自分が突っ掛かっただけ。だから少し反省している。そういうことらしい。

「未だに母の死を引きずる父が心配なんです。何だか心許なくて。わたしがお嫁に行ったら一人でどうするの？って、つい考えちゃう」

まるでできの悪い弟のことでも話すみたいだが、聞いていて嫌な感じがしないのは、修二さんと由紀さんが、父娘としてきちんと信頼し合っているからだろう。

「たまには弾いてる？　あの曲」

由紀さんは高校に入ってから、再度ピアノ教室に通い始めたと聞いていた。

「母が大好きだった、亡き王女のためのパヴァーヌ？　父の前では弾きません。前に家で弾いてたら父が泣いてしまって。しまいには怒りだした。自分で弾いてくれって言った癖に」

お母さんを喜ばせたくて、中学生の由紀さんが必死に練習して覚えた、特別な曲だった。それから由紀さんは、大学のことや内定先の保育園での実習経験などを、眼をキラキラさせて話してくれた。あれからたった八年か、と思うけれど、すっかり成長した由紀さんは眩しいくらい素敵な女性になった。

「でもね、莉奈さん、さっきの話だけど、あの時ホントは、わたし嬉しかったんですよ。父がそれだけ母を大事に思っていてくれたんだって、父の涙を見てそう感じられたから」

由紀さんの心根を慮って胸が熱くなる。

「お父さんは、あなたのことも、とても大事に思っているわよ」由紀さんはコクリと頷く。

「そうですね。でも、父はこれから、自分のことをもっと大事にしなきゃ。もっともっと前を向かなくちゃいけない。それが、たぶん母が望んでいることだし、わたしだって……」

そして、由紀さんは、どこか意味深な笑顔をわたしに向けて、

「莉奈さん、ピアノ診てもらえません？　もし都合が良ければ今夜にでも。で、お願いが

……」

修二さんへの恋心が芽生えて、どれくらいになるだろう？　心の中で思うだけ。それ以上でも以下でもない。でも、由紀さんはなぜかすでに、そのことに気づいている節がある。

夜、自宅で焼いたチョコマフィンの入った紙袋を携えて、わたしは滝沢さん宅を訪れた。

「由紀さん、これで大丈夫。ピンの汚れを落として、少し潤滑剤を塗っておいたから」

「ありがとうございます」軽く一つの鍵盤を叩きながら由紀さんが言うと、修二さんが丁寧に頭を下げてイスを勧めてくれた。

「由紀が無理言って、夜分にすみません」

外の冷え込みがウソのように暖かい、良く片付いた十畳程の居間で丸テーブルを囲む。こんな風に三人でゆっくり話をするのは初めてのこと。絵ヅラとしてはさながら家族だ。

「由紀さん、あの曲、ラヴェル、聴きたいな」

ここでわたしは、予め由紀さんから頼まれていた通り、例の曲をリクエストした。由紀さんは徐（おもむろ）にピアノの椅子に座り、修二さんに顔を向けてしゃべりかけつつ、曲を奏で始めた。

「ねえ、もうお母さんをラクにしてあげよ」

修二さんが驚いた目で由紀さんを見返す。

亡き王女のためのパヴァーヌ。その調べの、どこか遠い記憶を呼び覚ますような、懐かしい響きが部屋を満たす。曲に込めた由紀さんの思いが痛いほど伝わる素敵な演奏だ。やさしく伸びやかでいて、繊細でどこか痛々しい。

わたしの脳裏に、なぜか由紀さんと在りし日のお母さんとの映像の断片が思い浮かぶ。そして、ずっと以前に一度しかお会いしたことがないけれど、家族を愛したお母さんの心の機微までもが、美しい調べと共にわたしの胸にそっと沁み込んできた。

後に遺された家族の幸せを願うお母さんの、切実な、言葉では言い表せない心の揺らぎが、音符一つひとつの響きの底から立ちのぼってくる。それって、とても不思議なことだけれど、わたしには確かにそう感じられたのだ。

曲が終盤に差し掛かった。その時、由紀さんのすぐ横に立って、鍵盤を操る由紀さんの顔を覗き込む女性の姿が眼に飛び込んできた。

優しいその眼差しが由紀さんに、そして時折修二さんに向けられる。あり得ない状況に戸惑いを覚えるが、不思議に怖さは感じない。

むしろわたしの心に温かなものが満ちてきた。

由紀さんのお母さん！　胸の中で小さく叫ぶ。

息を飲んで修二さんの方を見ると、彼は穏やかに頷きながら潤んだ眼差しを返してきた。

曲が余韻を引いて消えて行く寸前に、その女性の眼とわたしの眼が合う。彼女は微笑みを浮かべたまま、そっと会釈をしてくれた。

そして、振り返った由紀さんの微笑みに溶け込むかのようにして、その姿が消えた。

おかあさん

きむら　まい

蝉の声が空気を満たしていく。絵の具をこぼしたような真っ青な空を背景に、冗談みたいに膨らんだ綿菓子状の入道雲がふわふわと気持ちよさそうに漂う。皮膚を刺すような日差しがそこら中のものの正体を容赦なく明かしていく。カーテンがどこからか吹き込んだ風をはらんでいる。今日も暑くなりそうだ。

毎度ご苦労様、と四角い窓に切り取られた世界を勝手に労いながら、私は固いベッドに横たわっている。あと少ししたら私の世話を焼きに白衣を纏った若い娘がやって来て、音のないこの部屋を彩ってくれるだろう。それまでもう一寝入りするのも悪くない。

今年は短い間に色々なことが起こりすぎた。それでも季節は巡り、また夏がやってきたのだ。地球は私たちなんかよりよっぽど根性がある。暢気に感心している一方で、こちらは年明けから数か月で世の中が騒がしくなり、生活も一変してしまった。

もうすぐお盆を迎えますが、今年も迷わず私の元へ帰って来られそうですか。ねえ、おかあさん。


「ゆみちゃん、お姉さんになるんやで」

「ほんまか」

私はお母さんのまあるいお腹に耳を当てて真剣にお腹の中の音へ耳を澄ませていたことを覚えている。きゅるきゅるとかごーごーとか嵐の中にいるような騒がしい音が聞こえていた。まだお話はできそうにないみたいだ。

「ねえ、弟かな、妹かな」

ぐるぐると周囲を走り回っていた私を捕まえて目が糸のように細くなるお母さん。飛び込んだ胸はお日様の匂いがした。

「どっちやろか？　お母さん、元気な赤ちゃん連れて帰ってくるからな。いい子にしてるんやで。お父さん困らせたらあかんよ」

ヒグラシの声が雨のように降り注いでいた。

「ほな、行ってきます」

燃えるような夕陽に照らされた、風呂敷一つ携えたお母さんの背中を、お父さんと手をつないで見送った。何度もこちらを振り返るお母さんの顔がぼやけていくにつれて、走り出したくなる気持ちを抑えるために、私は何度もその場で地団太を踏んだ。

その年は珍しく雪が積もるまで降った。

「里帰りなんかさせるんやなかった」

受話器を置いたお父さんが肩を落とす。ちりんと虚しい音が響いた。

「女の子が生まれたそうや。お母さんは……死んだって」

実家でもじっとしていられなかった、働き者のお母さん。沢庵を漬けようとして持ち上げた、大きな漬物石がお腹に当たってしまったことがいけなかったらしい。

「嘘じゃ、嘘じゃ！　お母さん！」

じゃんじゃん降りしきる雪の中に飛び込む。

小学校に上がる前の12月の寒い夜、私の泣き声は道を挟んだ向かいの家まで届く程だったという。お母さんが息を引き取ると、妹は産声を上げたそうだ。私はその日からお姉さんになった。


お母さんが死んでから1年も経たないうちに、佳代さんはやって来た。新しいお義母さんはまだ20代半ばだった。東京でピアノの先生をしていたが、辞めて田舎に帰ってきていたところを親戚がお父さんと引き合わせたらしい。

私が中学に上がる年に、佳代さんは男の子を産んだ。その夏、お祭りに向かおうとする私と妹に佳代さんが照れ臭そうに浴衣を差し出した。

「これ作ってみたの。よかったら着て行って」

小躍りしている妹を尻目に、私の心は凍りついていた。絞りのきいた、薄い紺色の生地には見覚えがある。

「これ、私のお母さんの浴衣やないか」

箪笥の横には浴衣の端切れが落ちていて、弟がじゃれていた。

「勝手なことせんといてよ。なにしとん」

浴衣の端切れを拾い上げて胸に抱く。弟は火がついたように泣き出した。

「二人に揃いの浴衣、着せてあげたかったの。事情も知らずにごめんなさい」

俯く佳代さんに妹が駆け寄る。

「なんやこれ、私が悪いみたいやない」

揃いの浴衣を床に放り投げて私は外に飛び出した。もわっとした湿気が顔に貼り付いて気持ち悪い。振り返りもせずに手足を滅茶苦茶に動かして夕暮れ時の住宅街を走り回った。

そのくせ、夜になると私は佳代さんの布団に潜り込んでよく泣いた。そんな時は決まって佳代さんは縁側に私を連れだして、私が泣き止むまで一緒に星空を眺めてくれた。

「お母さんに会いたい」

鼻水が詰まってうまく話せない。佳代さんが淹れてくれた、サイダーの泡がコップの中でしゅわしゅわと弾けた。

「ごめんね」

佳代さんの長い指が私の髪の毛を梳く。あの時、佳代さんはどんな顔をしていたのだろう。どうしようもない寂しさをぶつけることで忙しかった私に、佳代さんの心を気遣う余裕なんてなかったのだ。

名前も知らない虫が暗闇の中、私に負けじと声を張り上げていた。


中学卒業後、集団就職をきっかけに家を出た後も、寮長さんが呆れるほど、佳代さんは私に荷物を送ってきた。田舎のお米でおにぎりを作ると皆喜んでいたのを覚えている。

たまに帰省すると、佳代さんは私の大好きなおはぎを山盛りに作って待っていた。

「おかえり、ゆみちゃん。たんとお食べ」

おはぎを頬張っている私に、縁側に座って微笑みかける佳代さんは、会う度に小さくなっていっている気がした。

「ねえちゃん、帰っとったんか？　畑手伝ってくれへんか」

庭に顔を出した、いが栗頭の弟が麦わら帽子を振っている。

「今行く」

縁側から庭に飛び降りた背中に佳代さんの視線を感じながら、私はなぜだかその時も振り返ることができなかった。


月日は流れ、私も二人の娘の親になった。娘を連れて帰省する度、佳代さんは箱いっぱいのサイダーと鮭寿司を用意して待っていた。夏祭りに娘を連れて行こうと用意していると、佳代さんが箪笥から何かを取り出して私に差し出す。

「ゆみちゃん、これ」

見覚えのある絞りのきいた薄い紺色の浴衣。

娘たちがぴょんぴょんと跳ねまわっている。

「着せたって。お母さんもきっと喜ぶから」

佳代さんの視線の先にはお母さんの仏壇があった。

娘たちの揃いの浴衣姿を見ると佳代さんは涙を一筋流した。やっぱりあの時何か声をかけていればよかった。後悔しても戻って来ない、佳代さんと過ごした最後の夏の日の思い出。


「佐藤さん、おはようございます。よく眠れましたか」

返事を返す間もなく、パタパタとスリッパが私の周りをかいがいしく走り回っている。

今日も1日が始まる。穏やかで長い1日だ。

ぼんやりとして働かない頭で考えてみる。私はおまけの分まで生きた。でもいつまで経ってもお迎えが来ないのは、こんな夢までみる程、私の中に心残りがあるからだろう。

血が繋がっていようがいまいが、おかあさんはおかあさんなのだ。今、佳代さんに会いたい。もう一度会っておかあさんと呼びたい。そして愛してくれてありがとうと伝えたい。

私の頬にも熱いものが一筋伝う。

どれ程かかるか分からないが、ここを出たらお墓参りにでも行こうと思う。二人のおかあさんに会いに。

ホットチョコレート

木本　伸二

「もうバカァ。何で分かってくれないのぉ」

私は彼にバッグを投げつけて叫んだの。

一秒でも早く現実から逃げたい私は冷たい地面に落ちたバッグを拾い、その場を立ち去る事しか出来なかった。

２０２０年2月14日。バレンタインデーの日に彼氏と些細なことで喧嘩をした。私は早足であてもなく夜の繁華街を歩いていたの。楽しそうなカップルが眩しくて恨めしい。ポツリ、ポツリと小雨が降りだした。街ゆく人達が駆けだしたかと思うと雨脚が早くなる。道に立ち尽くす私はバッグを抱えて泣き崩れそうだった。雨に煙る通りの向こうに古ぼけたバーの看板が見えたのはその時だったの。モノトーンの街で淡い光が滲むように浮かびあがるバーの看板。このまま一人で部屋には帰れなかったの。私はバーの扉の前に立っていた。でも、店の中がカップルばかりだったら嫌だなぁ。いいや、一杯だけ飲んで帰ろう。

エイッ。カァラァッ、コッロァッ。

私は思い切ってバーの扉を開いた。

店内には誰も居なかった。少し湿気のある古木の薫り。オレンジ色のランプが心地好い。

目の前のコの字型のカウンターに近づくと、白髪まじりのマスターが出迎えてくれた。

「いらっしゃいませ。雨、だいぶ降ってますか」

「あっ、はい」

「これ、使ってください。きっと、通り雨ですから直ぐに止みますよ」

マスターが乾いたタオルを差し出した。

「ありがとうございます。あの、ジンリッキーを一杯ください」

カラッ。ドウクゥッ。ドウクゥッ。プシィッ。シユゥー。ウパァッー。マスターが、ライム入りのグラスに氷を入れ、ジンを注ぎ、炭酸水の瓶を開けて注ぐ。

「お待たせしました」

私の前に置かれたグラスの中で、泡が暖色の灯りに煌めき弾けている。

「頂きます」

香辛料のような薫りと爽やかな酸味が口の中で広がり炭酸水が舌の上を刺激する。

「美味しい」

「有難う御座います」

マスターがグラスを磨きながら微笑む。

カッ、カッ、カッ。微かに聞こえてくるのは振り子時計の音だ。こんな静かな世界は久しぶり。自分が自分に還っていく感覚。私の周りは、いつも人工的な音が溢れていた。私は目の前にいない他人に合わせ、自分を失ってゆく日常に疲れていた。ふらりと立ち寄ったバーのカクテルとマスターの笑顔が私の心に温かい灯を点(とも)してくれた。

時間が過ぎるのを忘れてしまいそうだった。二杯目のジンリッキーを飲み終えると、私は会計の為にバッグから財布を出した。あぁ。バッグの中に彼に渡すはずだったバレンタイン用のチョコがあった。私は恐る恐るマスターにチョコの包みを差し出しながら言った。

「あのー。失礼かもしれませんが、これっ。良かったら食べてください。要らなかったら捨ててください」

マスターはチョコの包みを受け取った。

「有難う御座います。チョコですか。一緒に食べませんか」

マスターがチョコの包みを開けるとグチャグチャに潰れたチョコが現れた。

「ごめんなさい。やっぱり捨ててください」

「御馳走しますよ。ホットチョコにしてラム酒を垂らすと美味しいんですよ。どうぞ」

あまり気が進まなかったが、私は不要になった潰れたチョコを押し付けてしまったという引け目があった。

五分後。私の目の前にラム酒とカカオの薫りが漂うカクテルが置かれた。

「美味しい。本当に美味しい」

不必要なわだかまりが洗い流されて、心が溶けていくような感覚になる。マスターは黙ってニコニコしているだけだった。

考えてみればチョコには何の罪もない。

バーで過ごした経験で大切なものを失わずに済んだのかも知れない。

バーを出る時に心に点った温かいものが嬉しかった。

冬が終わろうとしている。もしかしたら、良いことがあるかも知れない。そんな予感がしたのに。２０２０年の春。世界が一変した。新型コロナウイルスの流行は世界を変えてしまった。

仕事の大半はリモートになった。緊急事態宣言が解かれた後も、外食は控えるようにとプライベートなことにまで会社の要請がある。

何を頼り信じて良いのか。私が消えていく。

慎重派の私は大切な家族を守る為だと信じて、お盆も正月も田舎には帰らなかったの。

「お母さん、ゴメンね、今年、帰れない」

「いいよ。アンタは大丈夫。ご飯は食べてる」

私にとって家族こそが、かけがえのない存在だということを知った。会えないことで気持ちが深まり、大切なことに気付いた。

都会という檻の中、一人で過ごす時間が続く。終わりの見えない暗い道で不安になる。今できることを精いっぱいに続けることが未来に繋がるんだと信じる。

２０２1年2月14日。新型コロナウイルスの流行する以前の世界が遠い昔の御伽噺のようだった。去年の今頃って何していたかなぁ。ランチでお喋りして。ライブで騒いで。

繁華街も去年みたいな賑わいはないなぁ。

私は去年のバレンタインデーに喧嘩した彼と久しぶりに街に出た。

「こんな時期にバーになんて行く必要があるのかよ」

「いいからっ。一緒に来てよ」

確かに彼の言うとおりだった。こんな時代にバーに出入りしてウイルスに感染したなんて事になったら何を言われるか分からない。

迷いながらも私達はバーの扉の前に立っていた。まだ早かったかな。それとも、もう廃業しちゃったのかな。灯りの消えたバーの看板を眺めながら、大切なものを失った寂しさが込みあげてくる。

ガチャッ。その時、バーの扉が開いて、マスターと赤ちゃんを抱いた若い女性が現れた。

「やぁ、お久しぶりです」

「えっ。あぁ、マスター。覚えててくれたんですか」

「もちろん。一年ぶりですね」

「はい。お店、営業してるんですか」

「うん。今ね、しばらく休業しててね。あっこれ、里帰り中の娘。先月、娘が子供を産んでね。私も御爺ちゃんになっちゃったんですよ」

「へぇー、凄いっ。おめでとうございます。あの、また飲みに来ていいですか。あっ彼、去年、喧嘩しちゃった彼です」

マスターは優しい笑顔で答えてくれた。

「はい。そうですか。そうねぇ。また、ラム酒入りのホットチョコをお作りしましょうか。焦らなくていいですから。いつか、いらしてください。お待ちしております」

あんな時代があったことを忘れてはいけない。ちゃんと、息子達の世代にも伝えていかなくてはいけない。大切な家族だから。

２０４５年2月14日。カァラァッ、コッロァッ。

私は25年前の扉を開いた。少し湿気のある古木の薫り。オレンジ色のランプが心地好い。目の前のコの字型のカウンターに近づくと、若々しい二十歳代半ばの青年がテキパキとして、清々しい接客でもてなしてくれた。

「いらっしゃいませ」

そうか。この青年があの時の子。お爺さんの後を継いでマスターになったお孫さんだ。

私は今日、二十歳の誕生日をむかえた息子と夫を連れてバーを訪れた。誰も居ない店内を眺めながら、私は今と過去とを繋ぐ記憶の糸を探していた。暖色の灯りの中で揺らめく懐かしい風景。私は新人マスターにラム酒入りのホットチョコを三杯オーダーした。

五分後。私と夫と息子の目の前にラム酒とカカオの薫りが漂うカクテルが置かれた。

「美味しい。本当に美味しい」

それは25年前と同じ心が溶けていくようなマスターのカクテルだった。

あなたに。

月並　ハイジ

SE　電車がホームに到着し、大勢の人が降りる。

結佳M　駅中のコンコースに、チョコレートの特設販売スペースが出来ている。甘い匂いに包まれる度、私が思い出すのは……。

京子　ねぇ結佳（ゆいか）？

結佳　ん？

京子　今年は誰かにあげる？　チョコレート。

結佳　え。予定ないけど。

京子　そっかぁ。舞台中止になっちゃって残念だったね。いい役だったんでしょ？

結佳　まぁ、しょうがないよ。こういうご時世だから。もう少し落ち着くまではね。

京子　また普通にお芝居出来る日がきたらいいね。私もまた観に行くからさ。
結佳　ありがと。京ちゃん。
京子　あ、あたし今日はこっちで乗り換え。
結佳　え？　そうなの？
京子　彼氏んとこ泊まりだから。またね！
結佳　うん。

SE　Suica の電子音。

結佳M　東京へ行ってお芝居がしたい。県内の大学が決まっていた私にお父さんは猛反対した。無理やり家を飛び出してからもう二年。冷たい空気を鼻から吸い込むとなんとなく抱えたもやもやが次々に浮かんでくる。

SE　コンビニの入店音

店員　いらっしゃいませー！

結佳Ｍ　今の私は、あの頃思い描いていた私とはあまりに違う気がした。

店員　三百四十六円です。袋はおつけしますか？

結佳　あ。お願いします。

店員　かしこまりました。袋代が五円で……

結佳　あの、ここに置いてあるのってチョコレート、ですか？

店員　あ、そうなんですよ。うちのコンビニの期間限定で。

結佳　ふぉーゆー？

店員　はは。名前そのまんまですよね。バレンタインチョコで「For You」って。でも美味しいんですよ。

結佳　あ、じゃあこれも、ください。

店員　はい！ありがとうございまーす！

ＳＥ　ガチャっとドアが開く。

結佳　ただいまー。

あなたに。

結佳Ｍ　もちろん返事は返ってこない。でも、家に帰ったら口に出すことにしている。駅から歩いて二十分。舞台の小道具と衣装で溢れかえった六畳の部屋。あまりにも生々しく現実的で、嫌になる。

結佳　（ため息）

ＳＥ　電話の発信音

結佳　あ、もしもしお母さん？
芳枝　結佳？　どうしたの？　急に。
結佳　いや、なんとなくね。
芳枝　元気にしてる？　ちゃんと食べてるの？　東京は大変だってニュースでやってるから。
結佳　大丈夫だよ。
芳枝　そう。この前お父さんさ。手術したんだけど。
結佳　え！　手術？

あなたに。

芳枝　そうそう。大したことなかったんだけど、違うやつが見つかったのよ。
結佳　大丈夫なの？
芳枝　まぁもう若くないからね。お父さんも心配してたわよ。
結佳　何を？
芳枝　結佳の事。ちゃんとやれてるのかって。
結佳　ああ。私は大丈夫。でも今度の舞台がコロナで中止になっちゃって。このまま続けてていいのかな……って。
芳枝　それで電話してきたの？　お父さんに替わろうか？
結佳　え、なんで？　いいよ。
芳枝　お父さん、病気してからかなぁ。あんなに結佳の東京行き反対してたのにね、実は内緒でアンタの舞台のチケットも買ってたみたいよ。
結佳　え？
芳枝　中止にはなっちゃったけど。ほら、お父さーん？　結佳から電話！
結佳　……もしもし。お父さん？
哲夫　もしもし、結佳か。どうだ芝居は。
結佳　ああ。頑張ってるけど。
哲夫　今はまぁ、色々大変だろうけど、しっかり除菌しろ。体が一番だろ？

結佳　うん、ありがとう。ねぇ、お父さん。
哲夫　ん？
結佳　やっぱり、私に普通に就職してほしかった？
哲夫　……お前の言う「普通」ってのはどこの誰の「普通」だ？
結佳　え。
哲夫　今できることを一生懸命やりなさい。後の事は、とことんやって駄目になってから考えればいい。
結佳　お父さん……。
哲夫　結佳。頑張れ。
結佳　ありがとう。お父さん。

　ＳＥ　袋をガサゴソする。

結佳Ｍ　買ってきたチョコレートを齧ると、中からフランボワーズのソースが飛び出してきた。甘酸っぱい味が口いっぱいに広がる。それがなんだか嬉しかった。

結佳「For you」か……。明日もう一個買いに行こうかな。喜んでくれるかな、お父さん。

（終わり）

君の下へ、星空を

颯海　陽気

義理チョコ、友チョコ、自分チョコ。

本命チョコを渡す人は、今の時代、どれだけおるんやろ？

小さい頃から甘いもんが好きで、特にチョコレートパフェがめっちゃ好きで、外食の時は絶対と言っていいほど、頼んでた。

それが、段々と歳を取るにつれ、

「男がチョコレートパフェを頼むなんて」

と、言われ始め、周りの視線も気になりだして食べにくくなった。

中学生の頃からは、注文せんようになってたなぁ……食べたかってんけど。

まあ、昔の話。今やったら、ええ大人の男がチョコパフェを食べてても平気やもんな。

ええ時代になったもんや。

堂々と外で食べられへんようになって、

「もう、こうなったら、自分で作って、食べたる！」

そう思うと、凝り性やから、専門学校に入って、海外にも行って勉強して、菓子職人になった。

パティシエなんて言葉、まだ、日本じゃ、無かった時代やから、菓子職人って、呼ばれてた。

チョコパフェを作るなら喫茶店、今で言うたらカフェで働いても良かってんけど、何だかんだで、ケーキ屋で働くことになって、また、チョコパフェから遠のいてしまった。

何やってんねんやろな、ホンマ。

せやけど、楽しかった。新商品の開発に関わったり、長く勤めるにつれ、結構、自由に商品を作らせてくれる店やった。

何より嬉しかったんは、お客さんが自分の作ったケーキを喜んで買ってくれて、

「美味しかった」

って、言うてくれた時。あれは魔法の言葉……疲れが一発で吹っ飛ぶ。いや、ホンマに。

都会の街中から、車で三十分ほど走らせると、田園風景になって、すぐ後ろ手に山々が広がる景色に変わる。

そんな所に、自分の店を出すことにした。

男、五十歳にして、立つ！

六十歳の定年まで働いても良かったけど、元気な内に、自分の店を持ちたい気持ちが強なって、祖父母が暮らしてた古民家の一部をいじって、持ち帰り専用のチョコレート専門店を作ろうと思った。

店を出すなら、街中の方が良かったんやろうけど、独身で、そこそこ貯金があるとは言え、繁盛するとは限らへんし、食うに困らずの生活を続けるなら、家賃要らずで、畑もある、この祖父母が残してくれた場所を使わずにいるのはもったいない。

少々不便やけど、まあ、アカンかったら、アカン時で、また、考えたらええ。


「うわっ！　星がこんなに見える！」

祖父母の家に越してきて、バタバタしてた数日が過ぎて、ようやく落ち着いた夜。

風呂上がりに、ビール……は飲まれへんから、お茶を片手に縁側に腰掛けて、空を見上げると、満天の星が広がってた。

「街灯が無いと、こんなに星が見えるんやなぁ～……」

今にも落っこちてきそうな星空を見てたら、不意に、彼のことを思い出した。

いや、ちゃう。この二十五年間、忘れたことなんて一度もあらへん。ずっと、押し込めて、片隅に追いやってただけで。

「今日から、バイトでお世話になります、北貴志です。宜しくおねがいします」

大学二回生という彼は、ケーキ屋での仕事は初めて。と、自己申告通り、決して、即戦力！　じゃあなかった。男は厨房と決まってたんで、ケーキを作らなアカンかったけど、ぶきっちょで、自然と自分が細かく教える羽目になってた。まあ、歳が近かったせいもあるかもしれんけど。ある時、

「何で、ケーキ屋でバイトしようと思ったん？」

と、訊いたら、

「甘いものが好きなんで……」

照れながらも、そう言ったので、

「あ、じゃあ、勉強がてら、時間のある時に色んな店に、甘いもん食べに行こか？」

「え？　いいんですか？」

笑顔で答える北貴志の顔を見た時から、多分、自分は落ちてた。今から思うと。

「甘いもんが好きな男友達が、大学にはおらへんのですよ……」

店内で、二十歳過ぎの男二人が甘いもんを食べるなんて、めっちゃ勇気がいったから、もっぱら、持ち帰りのスイーツを買って、どちらかの家で食べることが多かった。

「そういや、チョコ系のスイーツ、よう買ってんな？　チョコが好きなん？」
「はい……実は、チョコパフェが一番好きなんです……甘いもんの中で」
「え？　自分もやねん！　あ、あの店のチョコパフェ、食べたことあるか？　あそこの……」

この日以来、北貴志の中にあった、先輩後輩の壁が無くなり、友達感覚に変わった感じがしたけど、自分は、と言うと……。

恋をした。

まさか、自分が同性を好きになるなんて思ってへんかったけど、確かに、振り返ってみても、女性に告白されて、付き合ったことはあったけど、自分から告白したことはあらへんかったし、正直、好きなんかどうか分からへんかったから、長くは続かへんかった。

せやけど、今は、はっきりと分かる。

自分は、北貴志に惚れてしもうた。

それからも、スイーツデートは続いたけど、北貴志に告白することはせーへんかった。と、言うよりも、出来ひんかった。の方が正しい言い方かもしれへん。

今でこそ、少しずつ同性愛が認められつつあるとは言え、女同士は良くっても、男同士が手をつないで歩くことは、今でも偏見の目で見られるから出来ひん。当時なら、なおさら。

異性と結婚。これが世間の普通。

北貴志から、その普通を奪うなんて、出来ひんかった。

就職をすることになって、貴志は、バイトを辞めた。しばらくの間は会ったりもしてたけど、その内、段々と会わへんようになって、連絡を取り合うことも無くなった。


「この星空、貴志もどっかで見てるんやろか……？」

チョコレート専門店を開こうとしたのも、貴志への想いが消えへんから。

看板商品として考えたのが、持ち帰り用のチョコレートパフェ。

いつか、貴志が買いに来てくれたらええなぁ……と、思いつつ開発した商品。

五十年生きてきて、好きな人は現れても、貴志以上に惚れた人は現れへんかった。

せやけど、たとえ一人でも、あんなに惚れた人と出会えたなんて、めっちゃ幸せな人生やった……って、過去形にするのもおかしいか。

「さて、明日も準備で忙しい忙しい。早よ、寝よ」

と、立ち上がって、部屋に入ろうとしたけど、縁側に戻って星空を見上げて祈った。

「どうか、貴志も幸せでありますように」

イタズラなチョコ

二田　久美子

小学五年の冬、私は初めて知った。

バレンタインの日に贈るチョコレートに、手作りという方法があることを。

母は購入型であった。

台所に立ち、日々食事を作る母は、唯一、お菓子を作るという作業だけはしてこなかった。

そんな母を見て育った私には、お菓子を手作りするという概念がそもそもなく、小学五年で友人から手作りの友チョコを貰った時は、それは衝撃であった。

けれど、手作りという方法を知ったからといって、結局、私は今も、やっぱり購入型である。

毎年、バレンタインの時期になると、普段は近寄らない、少しお高めの百貨店に母と一緒に出向き、家族へのチョコレートを調達する。これはある種、我が家の一大行事。

私にとっては、母との秘密のデートのようで、好きなイベントの一つであった。

母からの父へのチョコレートは、いつも決まって、少し洋酒の入ったチョコレート。甘いものが得意ではない父も、洋酒入りのものなら食べられるらしく、無難にいきたい母は、いつも同じメーカーの洋酒入りのチョコレートを父に買っていた。

「ハッピーバレンタイン」

嬉しそうに手渡す母に、父はいつも、「別にいいのに」と、照れ笑いを浮かべた。

毎年大して変わりのない包装紙を、嬉しそうに開けると、早速、一つ頬張る父。

「うん……」

母と私に見守られながら、洋酒入りのチョコレートを食べる父。

「……美味しいです」

恥ずかしさや、ぎこちなさを隠す時は、いつも決まって、敬語になる父。この時も例外はなく、突然の敬語であった。

こんな父だから、母は毎年バレンタインを用意するのだと、子供ながらに思ったのを覚えている。

それから十数年が経った今年。

母は初めて、父へのバレンタインを、父に直接手渡すことができなかった。

そっと、父の遺影の前にお供えされた、いつもの洋酒入りのチョコレート。ただ、きっと今年は封が開けられることはない。

悲しみを隠すように、平然を装い、台所で夕飯の支度をする母の隣で、私は、あえて父との昔話をした。

母も思い出しては懐かしむように、父との思い出話が尽きない様子で、とても饒舌であった。

そんな母と私の耳に、何やら可笑しな音が届いていることに気づいたのは、音が聞こえ出してから数分後のこと。

思わず、母と目が合い、音のする方へと向かうと、そこは父の仏壇のある一室。

仏壇の前で、座布団にちょこんと座っていたのはまだ三歳の妹。

妹の手によって、ぐしゃぐしゃに開けられたとみられる、父への洋酒入りのチョコレートが入った小さな箱。

その箱に、五つ並んでいたはずの洋酒入りのチョコレートは一つ消えていて、妹の口の周りはすっかりチョコレートまみれ。

「え……食べちゃった？」

呆然とする私と母を見て、チョコレートまみれの口でにっこりと笑う妹。

「うん」

無邪気に答える妹に、ただただ衝撃でしかない私と母は叱る気力さえもない。

「お母さん、お姉ちゃん、あのね……」

「ん？　なあに？」

私と母は声を揃えて、妹に優しく答えると、妹は満面の笑みで続けた。

「チョコレート……美味しいです」

「……」

私と母は、思わず言葉が詰まった。

いつかの父の言葉を聞いていたのか、それとも、ただの偶然か。いつもの父のように、敬語でそう言い放つ妹に、私と母は、思わず心の奥が和らいだ、そんな気がしていた。

お父さんみたい。

私と母の心情など知らない妹は、突然、すくっと立ち上がると、母の方へと歩き出した。一歩目から千鳥足で歩く妹に、母はただただ大笑いし、妹を捕まえては、ぎゅっと抱きしめた。

妹がチョコレートまみれになっていることなどお構いなく、母はぎゅっと、ただ抱きしめていた。

ハート型のクッキー

波上　カケル

50年というちっぽけな歴史の中ではあるが、1ヶ月間も海に入れなかったのは初めての経験だった。

海の目の前のマンションからは、目を背けても否応無しに飛び込んでくる海岸の様子。

コロナ前には、いつでも波の状態をチェック出来る事が最大の喜びだったのに、今となっては最も残酷なロケーション。

はじめの1、2週間は、誰もいない漁港へ自転車を走らせ、密にならぬよう注意しながらスケボーをして、海から気をそらす事に成功していた。

しかし、同じく「滑る」という行為でも、サーフィンとスケボーは似て非なるもので満足感は持続しなかった。

ミニチュアダックスのくぅちゃんは14歳のおじいちゃん。

11歳頃から膵炎と腎不全を患い、ここ最近では月に1回程度は病院のお世話になっていた。

くぅちゃんは、決まって波のない日に体調を崩していた。

自宅にいる時間が長いから、当然くぅちゃんの変化にも気付きやすいし、すぐに病院へ連れて行ける。

付きっきりの看護体制と、わたしの全愛情が集中するタイミングを狙い澄ましたかのようだった。


頭のいいくぅちゃんは、明らかに分かっていたのだろう。

だって、数えきれない程連れて行った旅行先は、全部海沿いだったよね。

波が良かった日には、上機嫌に大好物のおやつをわざわざ買いに行く事も知っていたんだね。


ついに、動けなくなったくぅちゃん。

大好きだった「ハート型のクッキー」、目の前にあっても食べられない。

くぅちゃんは、わたしの腕の中にすっぽり包まれたまま、最後に満足そうに大きなため息を一つ。

後から後から溢れ出すから、涙も拭かずに窓の外に目を向けた。
これまでに見たことのないような最高の波が割れていた。
くぅちゃんが波のある日に具合が悪くなったのはこれが最初で最後。
14年間でたった一回だけ、たった一度だけ。
くぅちゃん、コロナのおかげで、アナタの側に居られてよかった。

September

シルバーのりぼん

教室の一番前の席に座っていた私は、先生に呼ばれて教壇の前に立つクラスメイトの背中をよく眺めていた。でもあの時だけ何かが違った。あなたの背中を見た時、突然ドキドキした。自分でも何が何だかわからなかった。隣の子にこの爆音が聞こえているんじゃないかと思うほどだった。そして思った。この背中、かっこいい。

自習の時間、数学を教えて！　と移動してきたのはあなただった。私より勉強できるのになんで？　と聞いたけど、あなたと二人でしゃべるなんてことなかったし、私はあなたのことを気になりだしたところだし、なんてラッキーなんだろうと思った。それと同時にあなたが私の何かを認めてくれたような気がしてわくわくした。そして他のクラスメイトよ、このドキドキが聞こえないよう、もっとざわざわして！　と願った。私は上ずる声を抑えながら証明の問題を解いていった。ノートの上で人差し指の先が二回もぶつかったたから、ますますドキドキしちゃった。でもさ、二回目は、お互い意識していたのがわかったんだ。だからだから耳まで赤くなっちゃった。

まもなく受験勉強が始まってあなたのことを考える時間もないまま、あっという間に卒業式を迎えた。あなたはすでに東京の高校へ行くことが決まっていたから会えるのは今日が最後。卒業式の帰り、私はあなたの通る門で友達とおしゃべりをしてあなたが通るのを待った。さようならだけは言わなくちゃと思っていたから。でもいつになってもあなたは通らなかった。友達もさすがに私の様子が変なのに気付き、私はごまかしながらも諦めて帰ることにした。あぁ終わった。さようならも言えなきゃあの背中さえも見ることができなかった。そして迎えたドッキドキの私の合格発表の日。良かった。合格した。そうだ！この勢いに乗って電話をしよう。合格の報告と勉強を教えてくれてありがとうとさようならを言わなくちゃ。黒電話の前で正座してセリフを何回も何回も練習した。声が震えちゃったけど全部言えた。そして卒業式の帰りに門で待っていたことも伝えた。そしたらあなたはびっくりして言った。僕は君が通る門で待っていたと。賢者の贈り物にはかなわないけど、お互いの想いが同じだとわかった。

それぞれの場所でそれぞれの生活が始まった。文通も始まった。初めてのデートは私の家だった。社会の地図帳を広げてあなたの住む街を指で探した。遠いね。ラジカセで流していたのは佐野元春のNo Damage。何回繰り返して聞いただろう。気が付けばもう夕方。

入道雲は破裂しそうなほど大きなハートになっていた。夏の夕焼けは、まだまだ暑くて二人の顔も真っ赤っかになっちゃったよね。それからは、駅のホームが待ち合わせの場所になったね。あなたは、ホームの階段の壁の一番高い所によく座っていたね。人混みの中でも私があなたを見つけやすいようにって。電車の中では私を守ってくれたね。揺れる度に支えてくれたね。芝生に座る時ハンカチを広げてくれたね。なんかこそばゆかったけど嬉しくてしょうがなかった。溢れるほどの優しさにふわふわと包まれて、私、わたあめになってた。低い声も笑うと裏返る声も尖った肩もこの背中もぜんぶぜんぶ大好きだった。

あなたの誕生日のプレゼントに生まれて初めてクッキーを作った。親にバレないように夜中にこっそりと。でも見た目も味もイマイチ。どうしよう、作り直す材料もないし、プレゼントを買うお金もないし、あぁこんな女子力のない私、絶対に嫌われちゃうよ。はあ。ため息しか出なかった。付き合って一年も経つとあなたは会う度に都会での出来事を目を輝かせて話してくれた。流行りの服や音楽や映画なども教えてくれた。なんだか田舎もん扱いされているようで嫌だった。無理して背伸びしておしゃれしてもキラキラ都会のあなたには何ひとつ勝てなかった。カルボナーラなんて一回しか食べたことなかった。あなたはスプーンも使って器用にくるくるまいて食べていたけど私はそんな食べ方知らないからフォーク一本で食べきった。楽器屋さんの前を通った時、電子ピアノが置いてあってヴァン・ヘイレンのJumpを弾いてくれた。上手だった。かっこ良かった。得意そうだった。

なんだかおもしろくなかった。私、つり合ってないんじゃないかなって思い始めた。木綿のハンカチーフの歌が身に沁みた。そんな頃、あなたは昨年の手作りクッキーの話をしだした。えぇ何？　なに今頃？　と嫌な予感。そしたらあなたは、もったいなくて食べられなくてずっと飾ってあるんだ。だから今年の誕生日に食べるね。なーんて言うから、わぁまだ私この人と大丈夫かもまだつり合っているかもぉって、すっごくホッとしてすっごく嬉しくなって、よしがんばろうって思ったんだ。

そして大学受験が始まる頃、あなたはお勧めの参考書をいろいろ教えてくれた。でも私は全く興味がなかった。大学か、入れるならどこでもいいやって感じで。なんせ私の頭はどんどん悪くなっていてピークは、あの証明をあなたに教えた頃で、今では順位も下から数えた方が早くなっていた。そんなわけで、あなたは有名大学へ私は地元の短大へ進学した。だからあなたに、東京の大学に来ると思ってた。待ってたのに。と言われた時、えっあっそっ……。びっくりすると言葉って出ないもんで、私は遊び呆けた三年間を悔やんだ。

今日は私の車で久しぶりのデート。卒業記念樹のアメリカハナミズキを見に行った。大きく育っていた幹に、この年でまさかの相合い傘を書いちゃったね。クラスメイトが見たらどうするの？　見に来る人なんかいないいか！　でも見られたい気もする。きっとびっくりするだろうな。嬉しはずかしな時間がゆっくりと流れていった。ハナミズキが惜しみない拍手で私たちを受け入れてくれた。

僕たちもう二十才だよ。違う。泊まる覚悟で来たよ。でも東京は眠らない街でしょ。前みたいにひと晩中歩いておしゃべりするんじゃなかったの？　今までに感じたことのないキツくて冷たい空気が止まった。夜でも明るい東京の空。星はきれいに揺れていた。寒かった。そしてもう手も繋げなかった。

最後の電話、覚えているかな。三十才になっても独りだったら……。あの頃の流行りの言葉。言ってみたけど返事が恐くて最後まで言えなかった。あなたは、ちょっと笑って何かを言ってくれた気がした。

あれから三十年も経つんだね。もうおじさんだから顔もスタイルも変わったでしょ。でもちょっとクセ毛で尖った背中の183センチはきっと変わってないよね。私はね、すっごくおばさんになったよ。ロングヘアの私を見たいって言われたのが忘れられなくて、ずっと髪を伸ばしていたんだ。会うことなんてないのに。でもこの前バッサリ切っちゃった。ただちょっとクセ毛で猫背の153センチは変わってないよ。そんな私が、あなたが最後にいた街の駅で、瞬きしないでキョロキョロしているから、今度は、あなたが人混みの中にいる私を見つけてね。

あなたとの想い出を書いていたらラジオからプリンスのPurple Rainが流れてきた。そういえば、この歌いいから聴いてみてって言われたなぁ。あの頃は洋楽の良さがわからなかったなぁ。なんて思いながら歌詞をググッてみた。なんだか泣けてきた。二人で観たゴーストバスターズは来年公開予定だね。シールがかわいいよって教えてくれたのがついこの間のことのよう。あなたの背中にキュンとして、つり合っていたくて、負けたくなくて、いっぱいいいっぱい背伸びして、会わなくなって、そして何十回も夢を見た。

幸せかな

どうしているかな会いたいな。

そしてこの先もずっとあの頃と変わらないこと。それは、九日違いの誕生日。

異国から来たあなたへ…

羊たち

海の向こうのT国から日本にやってきた、二十四歳の女性。名前をイーティという。この物語の主役だ。

ショートボブの髪型に白くてまんまるい顔。柔らかくて可愛らしいほっぺ。Pコートのボタンのように大きな目。そんなイーティは世界一可愛い僕の彼女だ！

イーティは、昨年、T国の大学を卒業した後、日本の国際空港でお菓子メーカーの販売員として働き始めたひよっこ外国人だ。

「いらしゃいまっせー」

「おいしいよー。買って買って」

イーティ特有の不思議な発音とタメ口の混じった日本語で今日も一生懸命に働いている。

僕はこれをイーティジャパニーズと心の中で密かに呼んでいる。（イーティは日本語の発音間違いを指摘される事を嫌うので中々言えない）。

そんなイーティを彼女にもつ僕は、卒業を間近に控える大学四年生。泣き虫で小心者、「地元の友達に似てる」と所属する各コミュニティで評される平均的、典型的、一般的な大学生である。

そして、国際空港で品出しとレジ打ちのアルバイトをしている。

そこで見たイーティの太陽のような可愛い笑顔に一目惚れした僕は猪突猛進でアプローチを仕掛けた。

知り合って一ヶ月も満たない内に告白した時は、そのあまりの早さから

「何で私なの全然わからないよ」

とイーティジャパニーズでお断りされ、心を痛めたが、その一ヶ月後のバレンタインデーに改めて告白をすると、

「いいよー、私も付き合いたいな気持ち！」

とこれまたイーティジャパニーズであっさりと快諾を得られたのだった。

それから僕が大学を卒業するまでの一ヶ月半は、順風満帆、万事快調の幸せな時間が二人の間を流れた。

そんな良好な二人の関係を脅かす物がコロナウイルスだった。

コロナショックにより、イーティは会社の契約を四月末で打ち切られ、異国の日本で、仕事のない孤独な生活を送ることを強いられたのだった。

そこからゴールデンウィークに入るまでの一ヶ月、イーティの精神はみるみる崩れていった。

「もうだめ。家族に会いたい。友達に会いたい。誰かに会いたいよ！」

まだ滞在して半年にも満たない異国での暗闇のような生活は、職場で見せていたあのキラキラした笑顔を彼女から奪っていった。

そんな時に、会社からの指示通り在宅勤務中でさらには休日の外出も禁じられ家に駆けつけることもできない僕は、毎晩毎夜目を真っ赤に腫らしながら

「私もうT国に帰る!!　もうT国に帰りたい！　さみしいよ」

と半狂乱で泣きじゃくるイーティの姿をテレビ電話で見ていることしかできず、助けてあげることのできない自分に対する屈辱的な気持ちに苛まれるのだった。

その時、パソコンの画面で見ていた悲壮感に満ちた人が、今、僕の部屋のベッドで安眠している人と同じ人物とは到底思えない。

昨晩。イーティの精神状態が非常事態だと感じた僕は、両親にイーティの家で生活したいと申し出たのだった。

「俺の彼女が大変なんだよ。だからお願いします！　あの子の家に住ませてください！」

父「ダメだ！　社会人一年目という大切な時期に何を考えているんだ。それもこんな外出自粛の危険な時期に！」

「そんなことは分かっているけど！　人が苦しんでいるのに助けずにほっとけないだろ！一人で外国に住む大変さが何で分からないんだよ！」

「お前こそ自分の言っていることが分かっているのか？　家族の命に関わることなんだ！今は、家にいなさい！」

僕と父の口論は二時間に及んだものの、解決には至らなかった。両者口論にも疲れ果て、一言も話さないまま、我が家には殺伐とした空気が流れた。そんな中、母はそよ風のように優しい声で、

「だったらウチに住まわせてあげたら？」

と言った。

疲れ果てた二人はこの折衷案に納得し、口論は収束となったのだった。

かくして本日から、イーティのホームステイが始まったのだ。

本日は、ホームステイ一日目。イーティは今、僕の隣で幸せな眠りの中にいる。安心しきった寝顔は、親猫にくっついて眠る子猫のようで可愛らしい。そんな寝顔に誘われるように僕の瞼もゆっくりと眠りの中へと落ちるのだった……

「……ぴー？……っぴー？　よっぴー！　起きるの時間だよ！」

優しい声のイーティジャパニーズで目を覚ますと、すっかりあたりは暗くなり晩御飯の時間だった。僕たちは、僕の部屋で夕食を取りお風呂に入ると、ベッドで話しながら意識を失ったような静かな眠りに就いたのだった。

それからの二週間のホームステイ生活が麗らかなものであった事はいうまでもない。

普通に食事をとり、普通に話し、普通に眠りに就く。こんな当たり前のような日々の温もりや尊さを、僕たちは噛み締めたのだった。

イーティへ。二月十六日。今日は僕たちが付き合って一周年の記念日ですね。この1年間で僕たちは成長できたでしょうか？　お互いにとって掛け替えのない存在になれたでしょうか。ここからは、僕の率直な気持ちをお話しします。

コロナウイルスによって生み出された闇のような生活。溢れんばかりの希望と共に日本へ来た君にとって、本当に理想とかけ離れた現実が待っていましたね。

そこに一閃の光をさすことができた。イーティの中を支配した寂しさを包み込むことができた。この経験は自分にとって小さな自信になっています。

また、暗く長い道は続いていくのかもしれないけど、暗くても明るくてもこの時は一度しか訪れないから前を向いて進んでいこうね。

必ず未来は輝いているから。

カノア

珊瑚（さんご）

「Ban Yui la o Tokyo nhe？ Co khoe khong? Minh mong muon cac ta Yui, gia dinh cua Yui, va ban cua Yui la suc khoe. Kanoa」——ユイは東京に住んでいるよね？　大丈夫？ユイと、ユイの家族と友だちがみんな、健康でありますように。あなたの友人、カノア。

三年前に転職してきた会社で、私は初めて、クライアントの新商品向けコンペのプロジェクトリーダーに任命された。今後の会社員人生の試金石だ。感染症拡大防止でテレワーク化が進む中、これまでと同じやり方では勝てない。情報はあればあるほど良い。

ターゲットと同じ業界に就職した、大学時代の先輩に連絡を取ろうと、当時使っていたフリーメールのアドレスを開いた。アクセスしたのは八年ぶりくらいだ。迷惑メールフォルダーを一括消去しようとして、ひと月前に受信していた、そのメールに気づいた。

カノアは同じ年の、ラオス人の男の子で、十年以上前、大学の夏休みを利用しベトナムへ語学留学をした時に知り合った。一人で教科書ばかり読んでいる私を見かねて、声をかけてくれたのだと思う。日に焼けて、手足がひょろ長く、人好きのするタイプだった。私を見かけると高い声でユイ！と呼んだ。煙草を吸うくせに歯はきれいだった。ほとんどいつも笑顔だったから、その歯の白さをよく覚えている。

ハノイの八月は信じられないほど蒸し暑く、道を埋め尽くすバイクが無限に粉塵を舞い上げていた。当時、地元の人の行くカフェには冷房がなかった。頼んだアイスティーにはライムと大量の砂糖が入っていて、氷はすぐ溶けた。

私が入った学校附属の寮は、冷房付きの部屋と、なしの部屋があって、私は冷房付きの個室を選んだ。カノアはラオス人の友人三人と部屋をシェアしていて、冷房はなかったから、よく私の部屋に来て二人で話をした。

私は当時、ベトナム語の勉強を始めたばかりで、英語の方がまだ理解できたけれど、カノアはラオス語とベトナム語しか話さなかった。私と彼の会話はすべて、片言のベトナム語だった。

カノアは、ラオス政府の援助を受け、大学で勉強していた。語学留学ではなくて、ベトナム語で化学や数学を学んでいた。母国語でも難しいのに、すごいね、と言うと、そりゃ僕だって難しいよ、でも勉強させてもらえるんだから有り難い、と、ニコニコしていた。

三週間の滞在後、私が帰国する日、飛行機に乗ってから読んで、と手紙をもらった。私は何も用意していなくて、お返しに、自分の聴いていたＭＤを一枚渡した。いつかこのあたりでも、これを聴ける機械が流通するはずだから、取っておいて、と。彼はいつものように白い歯を大きく見せて笑って、礼を言った。

カノアがくれた手紙は、私の旅程の安全と、私の将来が素晴らしいものであるように、と願ってくれるものだった。うれしくて少し泣いた。私は、彼が聴けもしないＭＤ一枚を渡したきりだった。

メールアドレスも交換していたが、当時、ベトナムから海外へメールを送るには、ネットカフェで時間制のパソコンを使うしかなかった。帰国してから、一、二度、カノアとメールをやり取りした。日本のパソコンに表示される声調記号のないアルファベットは、私には解読が難しく、後期の授業が始まってじきに疎遠になった。彼の手紙もいつの間にかなくしてしまった。

昨年来の、未曾有の感染症に全世界が犠牲を出す中で、彼は東京の感染状況を心配してメールをくれたのだ。普通に暮らしていると、日本では、ラオスの感染状況は分からない。しかし、私は、彼のことなど思い出しもせずに、ラオスの状況を調べることも、案ずるメッセージを送ることもしなかった。

あなたを愛する人は、今、きっとあまりあるほどいるだろう。私など取るに足らない。

メールを読んで、あなたの友人、とまだ言ってくれるカノアに、できるだけの思いを伝えたいと思った。それなのに、途中で放り出したベトナム語ではうまく文章を紡げなくて、私は途方に暮れた。

この言葉がそのままで届けばいいのに、と思った。

※この物語はフィクションです。

夜明けまで

紫　衣織

　何故、私はまた泣いているのだろう。シャワーの音で掻き消された嗚咽が脳内に響く。誰かが気付いてくれないだろうかと極めて冷静に考える。大学三年の九月、私は心が崩壊する音を再び聴いた。

　一年前の今頃、私は大学生活を謳歌していた。部活で信頼できる友人たちと出会い、彼らと共に学生映画を制作することに夢中だった。バイトもせず、貯金を切り崩して遊びに出かけていた。

　母の長年のストレスから、父と別居生活を送ることになって早四年。関係修復のため月に一度食事会を開いていたが、私にとってそれは少し退屈で、友人との約束が最優先であった。高校時代、不登校の引きこもりだった私にとっては最初で最後の青春。誰にも邪魔はさせない。そんな風に思っていた。

父の暮らすアパートには何度も遊びに行っていた。

ある日、父はアパートで日本酒に頬を染めながら、不意にこんなことを言った。

「好きなことをやっていいんだよ」

私にはその真意が分からなかった。父は続けて、

「やらなきゃいけないことは沢山ある。だけどそれをやるかどうか、決めるのは自分なんだから。自分で決めたことは誰のせいにもしちゃいけない」

思い当たることが沢山あったけれど、返す言葉は見つからなかった。

「プレッシャーに感じているなら、お父さんたちはそんなつもりはないから」

この言葉が私を混乱させた。見透かされたような感覚があったからだ。アパートに来ては道化を演じている私を、父はどんな気持ちで出迎えていたのだろう。会社に行けなくなったことがある父は、私の不登校をどう思っていただろう。夢を諦めて会社員になり、家族を養ってきた彼の目に、十九歳の私はどう映っていただろう。そんなこと、考えもしなかった。考えもしなかった人間としての父が、突然露わになった。十九歳の私に彼の言葉は重くのしかかり、不安定な心持ちで「無責任だ」とだけ言い放った。

冷たくも感じたし、温かくも感じた。私の選択が正しいことを知っているから、と彼は最後に小さく付け加えた。伝わるかどうかは賭けだったのだろうと今は思う。

母とは言い争うことが間々ある。私はその度に、伝えることを諦めよう、期待すること

はやめよう、と思う。些細なことをきっかけに、最終的には大きなところまで発展する。目の前の問題が解決しないことに更に苛立ちを覚える。母は、子どもたちが自分を馬鹿にしているからこうなるのだと言う。けれど私は母のことを、凄いひとだと思うことがある。凄いひと、というのも漠然としているが、うまく思いが伝わらないのはその所為だと私は考えている。高校時代、不登校になった私を、母はとても受け入れられないようだった。理由なき恐怖感に苛まれていた私に何度も理由を問いただす母は、至ってまともな人間だった。この人には私を理解することができない。この時も私は諦めるようにそう考えた。

通信制高校に転校して大学に進学したいと伝えたとき、初めは驚いた様子だったが、思いがけず母はすんなりと受け入れてくれた。私の為にかかる金銭面での負担を惜しまなかった。それは父も同じであった。両親のそういった支えがあって、私は自分に合った私立の高校を選ぶことができた。

転校先を選ぶとき、母は見学に行く全ての学校に電話をしてくれた。そして当たり前のように毎回一緒に来てくれた。特別なことなど何もしていないと、母は言うだろう。けれど、外に出ることすら苦しかった私にとってそれは、救いだった。側にいてくれたことが何よりも嬉しかった。彼女が彼女であること、そして彼女が私の母であること。これ以上の奇跡はないのだ。

頭に鈍痛が走る。浴室の暑さにのぼせた所為か、さっきまでの涙の所為か、定かではない。

先が見えない不安、会いたい人に会えない寂しさ、学校に行けない物足りなさ。上手に処理できる感情と、そうでない感情がある私は、矢張りまだ幼い。まだ、優しくない言葉を捨てることができない。悔しくて、何度も強くなりたいと願うけれど、返ってくるのはいつも弱さを具現化したような涙だ。

強くなりたい。大切な人たちに恩返しができるくらい。願えば願うほどあふれる涙をそっと抱きしめる。夜が明ける、その瞬間まで。

最後のバレンタインチョコ

アイキＡＣコージ

久しぶりに娘の結衣から電話があった。今度の日曜日にこちらに帰ってきたいという。あまりにめずらしいことだったので聞いた。

「なんかあったのか?」

「うん、ちょっと……離婚した」

私は一瞬絶句したが事情はとりあえずわかった。

「わかったよ。まずは帰っておいで」

結衣は声を詰まらせているようで返事は聞こえなかったが、無言でうなずいていることが電話口から伝わってきた。

電話を切ってから、私は部屋の整理をはじめた。結衣はしばらくここに住むことになるだろうから。ひさびさにタンスの中をひっくりかえして、タオルやパジャマなんかの用意をはじめた。

三段目の引き出しに手を入れたとき何かが指にあたった。取り出してみると、懐かしいオレンジ色の箱が出てきた。これは結衣が小学校4年生の時に私にくれたバレンタインチョコだ。「お父さんへ」と箱の表面に書かれている。たしかに結衣の字だ。

当時それを受けとった私は、きっとこれが最後のバレンタインチョコになるような気がした。女の子はこの年頃からだんだんと父親と距離をあけだすものだと、色々な人から聞いていたからだ。

私の予感は当たった。小学4年生だった結衣の態度はそのときを境に急速に大人びていく。とくに私には妙によそよそしくなり明らかに距離をとりはじめていった。

かつて一緒に手をつないだり、ブランコで遊んだり、肩車をした思い出などすべてが、まるで最初から無かったかのような冷めた関係になっていった。

とくに妻が病気で亡くなってから、私と結衣で必死に家庭を作り直してきた3年間だったこともあって、結衣との関係が急速に冷えていくことが辛かった。

そんな長年胸の奥にしまってあった苦しさを思い出しながら、帰省する結衣のために準備をすすめた。

日曜日の夕方。

結衣が家に帰ってきた。久しぶりの笑顔はとても疲れていた。軽く言葉を交わし東京からのお土産としてひよこ型のクッキーを受け取った。お土産を手渡す結衣の手。あんなにやせていただろうか。手の甲の筋、以前は確かなかったはずだ。色々と苦労してきたのだろう。

結衣が育てていた1人息子は、別れた夫が育てることになったらしい。たしか小学3年生だったはず。その子は両親の離婚をどんなふうに理解したのだろうか。そして結衣自身にとっても、自分の息子と離れて暮らさなければならない苦しさはどれほどのものか。

ひと段落してから私と結衣は台所に立ち、いっしょに簡単な夕食を準備した。ひさびさに顔を合わせての食事だ。約10年ぶりのことだった。結衣は色々と話したいこともあったはずなのに、今はまだ気持ちの重みがのどに詰まっているのだろう、口数は少ない。妙にしんみりとした夕食になった。

この食卓の雰囲気とは対照的に、テレビからはバレンタインデーの話題が声高らかに繰り返されている。毎年2月のこの時期はきまってチョコの話でもちきりとなる。

「そういえば、私、毎年お父さんにチョコあげてたよね。小さいころ」

結衣がボソッと言った。

「あぁ、そうだったね。もらってたよ」

「あ、あの……4年生のころにあげた最後のチョコ。中の手紙読んで怒ったでしょ？」

「え？　あ、実はまだ開けてなかったんだよ。もったいなくてさ。だからごめん、手紙も読んでないんだ」

娘は驚いた表情で私をみつめている。私は数日前にタンスからみつけたオレンジ色の箱を持ってきてテーブルの上にそっと置いた。

「あ、懐かしい！　私があげたチョコだ。……ほんとだ、開けてなかったんだ」

「今、開けてみていいかい？　手紙も読んでみたいし」

「……うん、いいよ。いいけど、お父さん！　怒らないって約束してほしい」

「大丈夫。何があってももう昔の出来事だ。気になどしないよ」

私はオレンジ色の箱をゆっくりと開けてみた。かわいい包装紙の中には、すっかり小さく黒い塊に変容した手作りチョコが綺麗なパッケージに入って並んでいた。うさぎのキャラクターが描かれた手紙はその脇に添えられていた。４年生のころの結衣が書いた字がみえた。しかしその内容は字体のかわいらしさとは裏腹にひどく痛烈なものだった。

『明日からは私の名前は呼ばないでほしい。洗たくものは別にしてほしい。学校のことは聞かないでほしい。私にさわらないでほしい。これが最後のバレンタインチョコです』

私を徹底して嫌う内容がびっしりと書かれていたのだ。

しばらくの沈黙。

結衣は手を組んだまま下を向いてしばらくじっとしていた。そして急に顔を上げて
「お父さんごめんなさい。私、なんでそんなこと書いたのか、バカみたいな内容だよね。本気じゃなかったんだ……いやあの時は本気だったのか……と、とにかくごめんなさい！お願い、忘れて！」

私は確かに手紙の内容にびっくりした。しかし怒りや悲しさなどは出てこなかった。私がこの手紙を読んで感じたことは、結衣が一生懸命大人の女性になろうとしている姿だったから。

「当時の父さんが読んだら1週間は寝込んだと思うよ。ははは、それは冗談として。結衣、その正直な気持ちでよかったんだよ。そうやって父親を突っぱねながら、ひとりの自立した女性になっていくんだ。そういう時期だったんだよ。そして今、立派な女性に成長して父さんとこうして向かい合って座っている。これでいいんだよ。父さんはうれしいよ」

結衣は急に下を向いたかと思ったら、せきを切ったように泣きだした。それはだんだんと大きな泣き声になっていき、もう最後はわんわんと大泣きになった。まるで子どものころの泣き方そのもので、涙も鼻水も一緒に流れてぐしゃぐしゃになって。今までたまって

いた子どものころの思いも、離婚したことで持ち帰ってきた思いも全部が流れ出ていく。

そんな泣き声がしばらく響いた。

私の目の前ですべてをさらけ出して泣いている結衣は、子どものころの結衣とおなじ顔だった。結衣はなんにも変わっておらず、心の真ん中はあのころとおなじで純粋なままだったんだ。それがわかったことが本当にうれしかった。

それにしても、結衣が20年前にくれた最後のバレンタインチョコには驚いた。だって私と娘につかえていた長年のわだかまりを見事に溶かしてしまったから。

両手で涙をぬぐう結衣が落ち着いたら、これから歩きなおす親子2人に乾杯しよう。

もう愛していないと思っていた

榀海紀子（しなみ もとこ）

私はもう夫を愛していないと思っていた。

結婚して26年、54歳になり子どもは二人とも成人した。長女は理系で大学院まで出ている。電機メーカーで幹部候補生として働いている。長男は公務員。夫は会社員。１８５センチ95キロという巨漢で無口でお酒が何よりも大好き。お酒はいくら飲んでも酔わない。部長になり、十分なお給料をもらってくる。家のローンも終わった。

私は専業主婦。読書と観劇が趣味で、静かな一人の時間を大切にしている。観劇もたいがい一人だ。その方がチケットが取りやすいし気兼ねがない。帰りに感傷に浸りたいのに関係のないおしゃべりに付き合うのはあまり好きではない。

毎年バレンタインデーの日には、夫はたくさんの義理チョコをもらってくる。そして私にくれるのだ。甘いものに目のない私は無邪気にそれを楽しみにしていて、高級チョコレートを口いっぱいにほおばってゲラゲラ笑っていた。

ところが今年のバレンタインデーは、1個もチョコレートをくれなかった。義理チョコをたくさんもらっているはずだ。私はなぜか悔しくて翌日ひとりでお茶を飲みながら涙を流した。どうして泣いているのだろう？　嫉妬？　そう、私は嫉妬していたのだ。もう嫉妬なんて気持ちもわかないと思っていた。お腹の出たお父さんとお母さんじゃないか。しかし私は泣いたのだ。

そうだ。本来、私が夫にチョコレートをあげなければいけないのだ。そのことを棚に上げて義理チョコをくれない夫を責めて泣くなんて。なんて卑屈なのだろう。私は情けなくなった。しかし、やはり一番大切な人は夫なのだと再認識した。してもらうことばかり考えて、自分からは何もしなかった。ソーサーを付けたお気に入りの珈琲カップでコーヒーを飲んで落ち着こうとしたけれど自分がみじめになるだけだった。悔しいのでこのことは夫には秘密にしている。

私の。

菅原　悠人

登場人物
・須賀優菜（すがゆうな）
・母親　・父親　・先生

優菜M　コロナウイルスで、舞台が中止になった。高校3年生になる前の苦い記憶だ。私、須賀優菜は高校から演劇部に入った。理由は特にない、別にやりたいことも好きなこともなかったたし。文科系で楽そうだし入っちゃえ～なんて単純な理由。でも入部初日、最初にやったのはランニングだった。ランニング？　何それ？　頭のネジ外れてんの？　次に、筋トレ。その次も筋トレ、次の次も筋トレ。私は思った。「入る部活間違えたー!!」演劇部は文科系などではない、詐欺だ。大詐欺師だよ！　演劇部は!!

でも、部活は楽しかった。役者になって私じゃない、違う人になりきって別の人を演じる。今まで感じたことがない景色と感情が私の中で溢れた。

最初に演じた役はワトソンだった。シャーロックホームズに出てくる助手の人。シャーロックに振り回されるけど、仕方なく付き合うワトソン。大人で、いつも冷静で、でも情に熱く、困っている人を見捨てられない、そんな人だった。台本を何度も読んで、自分なりに演じたけど、先生からはいつもダメ出し。家に帰ってからも何度も何度も読んで練習した。本番までずっと。そして、本番が終わった時、私は涙が止まらなかった。理由は未だに分からない。泣いてるのを皆に茶化されたっけ。演劇を、私は好きになった。

その舞台をお母さんが見に来てくれて、家に帰ったら感想と質問の嵐だった。なんか舞台の話を家でされるのって恥ずかしい。

父親　ただいま。
優菜　あ。
母親　お帰り！　ねえお父さん聞いていて優菜舞台で凄かった！
父親　そう、お風呂沸いてる？

私の。

母親　え？　沸いてるけど。
父親　先入るから。
母親　もう、今優菜の…。
優菜　いいよ、お母さん。
母親　でも。
優菜　本当に良いから。

優菜M　お父さんは私に興味がない。仕事でいつも遅いし、ちゃんと話したのも正直いつだったかよく覚えてない。まっ、そんなどうでもいい話はよくて舞台の話をしよう！
そして、2年も終わりに近づき新入生のための舞台の話になった。台本はなんと私が書くことになった。台本なんて書くの初めてだったし、分かんないことばっかりだったけど、新入生にって頑張って書いた。何度も何度も書き直して、やっと完成した。それを先生に見せた。

優菜　先生、どうでしたか私が書いたの。初めて書いたので。
先生　ああ、そうだな。

私の。

優菜　やっぱり、ダメでした？
先生　いや、頑張って書いたな、面白かったよ。
優菜M　私は職員室で叫んでしまった。「やったーーー！！！」って。先生に頭叩かれちゃった。そして、私の台本を練習して、段々形になっていった時、先生は言った。コロナウイルスの影響で舞台は出来ない、って。流行っているのは知ってた、でもどこか他人事だと思っていた。都会と比べて私の住んでいるとこはそんなにいないし。私の周りなんて全然いないし。私は先生に抗議した。

優菜　先生！　何で中止なんですか⁉　納得できません！
先生　さっきも説明しただろ、コロナウイルスが…。
優菜　私たちの周りにはいないじゃないですか！　頑張って書いたんです。皆も頑張って作ってるんです。新入生に見てほしいんです！
先生　須賀、分かってくれ。
優菜M　先生を見て気づいてしまった。もう仕方がないことだって。それで、私の高校2年が終わった。

私が3年生になったところで、問題が終わるわけはない。4月に入って学校が休校になった。ニュースでも毎日話題はコロナウイルス、これも仕方がないこと。部活動ももちろん出来ない。私が書いた台本も出来ない。全部、仕方がないことだ。休校になった日に私は、書いた台本をゴミ箱に捨てた。
休みになったのは私だけではなかった。お父さんも会社が休みになったらしい。二人っきりで正直何を話せばいいのか全然分からない。だけど、お父さんは。

父親　優菜、散歩行くか？
優菜　何で？
父親　天気良いし、家にいても暇だろ？
優菜　暇じゃないし、勉強あるから。
父親　そうか。

優菜M　急にどうしたんだろ？　私に興味ないくせに。

父親　そうだ、これ、捨ててあった。
優菜　え？

優菜M　これ、私の書いた台本。

優菜　どうして？
父親　偶然目に入って、優菜が書いたやつだろ？
優菜　知ってたの？
父親　毎日書いてたやつだからな。
優菜　そうだけど、お父さん私に興味ないんじゃないの？
父親　はあ？
優菜　だって、全然話しかけてこないし、私の舞台も見に来てくれないし。
父親　優菜が避けてるからだろ。
優菜　別に、避けてなんてないよ。
父親　舞台はいつも見て、あ。
優菜　え、もしかして、私の舞台見に来てくれてたの？
父親　それは。
優菜　何で教えてくれなかったの？　そんなの、全然言ってくれなかったじゃん。
父親　……娘のそういうの見に行くのって、気持ち悪くないか？
私の。

優菜M　はあ、全くお父さんは。

優菜　好きな舞台は？

父親　え？　あー、優菜がワトソンをやったのは好きだったな。

優菜　……散歩、行こうか。

父親　散歩？

優菜　うん、もっと聞かせてほしいし。舞台の感想。

父親　そうか。

優菜M　お父さん見に来てくれてたんだ。

父親　舞台残念だったな。

優菜　いいの、またやればいいだけだし。

優菜M　コロナウイルスで出来ないことが多くなった。学校だって行けない。でも、分かったこともあった。これからもっと大変だと思う。でも私は、私のやりたいことは絶対やる。たとえ時間がかかっても。

ＳＥ　ドアが開く。

優菜　行こ、お父さん。

～終わり～

好物

たちばな

彼は炭酸の強い飲み物が嫌いで、私がそれを知らずに炭酸飲料を買ってきてしまった時は1週間ほど冷蔵庫に放置された記憶がある。

「いつまで置いとくの」

「熟成させてるんだよ、放っておいて」

などという会話を数日繰り返し、ついに炭酸が抜け切ってただの甘い液体と化した頃に、彼はリビングで密かに飲んでいた。密かに飲んでいるつもりだったのだろうが、そこにたまたま私が居合わせたのだ。冷蔵庫を開けっ放しにしたまま飲んでいることに少し腹を立てながらも、液体を流し込んでいる彼の後ろから話しかけた。

「炭酸、嫌いだった?」

「うわっびっくりした。……別に、強いやつが苦手なだけ」

同じ家に住んでいるのだから見つかるのは当然だろうと思いつつも、驚かせたことを謝罪した。いつもの無愛想な顔ではあったが、しっかり飲み干していたのが印象的だ。

他にも、きのこ類を食べる時は必ず牛乳で流し込んでいるし、フローリングを裸足で歩いている時は、眉をひそめて嫌そうな顔をしている。廊下以外は絨毯を敷いてあるため、その為だけにスリッパを買うのがお互いに億劫なのだ。

それらに気づいてしまってからは、彼の嫌いなものだけが目に付く日々だ。スーパーを訪れても、強炭酸の飲料やキノコ売り場ばかり見てしまったり、フローリングを裸足で歩く彼の不機嫌な顔を見たいがために風呂上がりの彼をドア前で待ってみたり。いつもは見せない嫌そうな顔を見るのが密かに楽しみだった。

「ごめん、俺、炭酸苦手かも」

知らないふりをして毎週のように炭酸飲料を買っていると、炭酸の抜けたそれを持った彼が苦笑いをした。

好きな物を作ってあげよう。そう思ったのは、それからだ。最初は愉快だったのが、今となっては可哀想になってしまったのだ。

不器用ながらにも、少しずつ料理のレパートリーを増やしているこの頃、ロールキャベツやオムライスのような、凝った料理は作れないが、好物を知って、頭の中が彼の嫌いな物に占拠されている日々から卒業したかったのだ。

「ねえ、好きな物とかある？」

「んーー、秘密」

苦手なものはすぐに思い付くものがいくつかあったが、好きな物は特になかった。けれど、いつもより目を輝かせて聞いてきた彼女に対して、特に無いなどと面白味のない返答をすることに戸惑いがあったのだ。

「秘密ってなに、教えてよ」

強いて言うならば、彼女が慣れない手つきで捏ねていたハンバーグか、跳ねる油を気にして服の袖を限界にまで伸ばしながら作っていた天ぷらか。どちらにしろ、自分で作ったものなら特に興味はないものだ。外食をしていても、彼女が包んだ不格好な餃子がふと食べたくなる瞬間がある。薄味で物足りなさのある味噌汁も、水を豊富に含んだベタつく白米も、彼女が作ったものならなんでも好物だと言えるかもしれない。なんて言ってしまえば、次の日からは密かに料理の練習をする彼女の姿が見られるだろうか。同じ家に住んでいるのだから見つかるのは当然だろうが。

「教えないよ」

彼女の作った味の整った野菜炒めも、焦げ付きのないカレーも食べてみたいけれど、今はもう少し、不器用な手付きを見ていたい。

言葉で抱きしめて

菱間　まさみ

「宏樹、ご飯、何時ごろ食べる？」

「いちいち聞くなよ、うぜえなあ。食いたくなったら勝手に食うから」

めずらしく残業もなく、鼻歌気分で帰宅した夜。久しぶりの息子との会話がこれだ。何が癇に障ったのか、そんなこといちいち探っても答えは出ない。決定的な理由もなく、ただいらいらする、母親にぶつかる、そういう年ごろに息子もなったということだ。頭ではわかっていても、自分に非があるように思えないから、こちらもだんだん気分が悪くなる。いらつきが顔の中心に集まってしまい、すごい表情になっていたのだろう。畳みかけるような言葉攻めにあう。

「自分のペースで生活リズム作ってるから指図しないでくれる？」

「はいはい、わかったから。ちょっと食事の時間を聞いただけなんだけどなあ」

宏樹に背中を向けると、ぼそっとひとりごとがこぼれた。

「母さんは更年期、俺は思春期で反抗期。ぶつかるのは当たり前だから。いつだって気持ちが不安定なんだよ。そういう母さんの存在自体がうざいし」

心臓が裏返るようなきつい言葉。かき氷を食べたときのような痛みで心が割れる。でも言いえているからしかたない。今は辛抱のときだ。一生思春期が続くわけではない。

「早く視界から消えてくんない？」

とどめを刺されて、頭の中に木枯らしが吹いた。無色透明なテレビの音だけが淡々と流れてくる。周りの音がため息でもかき消されるほど小さく聞こえた。宏樹のひと言ひと言になぜか言い返せない。

「宏樹は小さいころ可愛かったのになあ。いつもにこにこしてて。どこに遊びに行くにも俺の後を一生懸命ついてきてさ。ちょっと小走りで逃げようとしても、もう全速力で追っかけてくるし。そのうちにかわいそうになって、こっちが折れる。いつだって自分の意思を通すからなあ」

帰宅したときの上機嫌は、瞬く間に萎れた朝顔のような気分に変わっていった。

「良樹は育てやすくていい子だったからね。母さんも楽だったわ。反抗期もあったのかわからないほどだったしね」

「ああ、多分なかったんだろうな。宏樹と違って俺はおっとり系だしさ」

更年期対思春期。言いえているからしかたない。言いえているといえば……。

宏樹がまだ幼稚園の年長だったころ。私は都内の婦人雑貨を扱う会社で働いていた。

「これで完成ですか」

「うーん、ちょっと違うかな？　お客さん目線でもう少し考えてみようか」

「はい、そうですよね。売れ筋は手に取りやすいこのあたりでいいですか？」

部下の服部と二人で売場替えの残業も、もう一時間になる。納得のいかない配置に何度も手直しをする。三十分で終わらせる予定だったので、服部に声をかける。

「遅くなっちゃったけど、時間大丈夫？」

「はい！　大丈夫です。もう少し手直ししましょう」

「悪いけどもう少しお願いね」

やっと部下と売場残業を終えて帰宅した夜のことだ。ひとりで遅い夕食を、ありものでぱぱっとすませようと冷蔵庫を探っていたとき。携帯が震えてメールを知らせた。この時間帯は他の売場からも売上げ報告の知らせが入ることになっている。ぱっとメールを開けると、さっきまで一緒に残業をしていた部下の服部からだった。

「千春さーん、こんばんは」

出だしからして私宛ではないことがわかる。こんなとき、これ以上内容を見るかどうか。千春も部下なので、二人がどんなやり取りをしているのか、つい気になってそのまま指をスライドさせる。

「さっきまであいつと残業で一緒だったんだけど、もう手際が悪いのなんのって。まあ、いつものことだけどさ。上から目線で指図されるともううんざり。すぐ終わるような仕事が三十分も余分にかかってさあ。こっちは少しでも早く帰りたいっていうのに。しかも段取りもめちゃくちゃだし。あいつ大学出てるけどバカなんじゃない？　ところで、千春さんさあ、今度ゆっくりゴハンでも食べに行こうよ……」

そこで指が止まった。携帯の画面を暗くすると、一気に内臓がめくられるようにむかむかし始める。頭に血が上り、そばにいた良樹に間違いメールの内容を思わずぶちまけた。

「ちょっとさあ、さっきまでにこにこ一緒に残業をしていた子からこんな悪口メール、あり得ないよ！　言葉遣いも酷いし。普段から穏やかでやさしい感じの子なのに、もう信じられない……。明日も顔を合わせるのに、どういう態度をとればいいやら」

「お母さん、そんなの気にすることないよ。早く食べて忘れたほうがいいよ」

良樹にやさしい言葉をかけられても、いらつきはおさまらない。メールを誤送信したにしても、よりによって悪口を上司である本人に送るとは……。千春と普段からこんな会話をしているのかと思うと、千春に対しても懐疑的になる。

「ああ、よかったぁ」

「えっ?」

まだ年長の宏樹も聞いていたらしい。

「ママが悪口のメールを送って、慌ててるほうの人じゃなくてよかったぁって。ママはこんなメールをもらって怒ってるけど、送った人はきっと気がついたら、ドキドキしてびっくりしてるんじゃない? どうしようどうしようって、焦ってるよ。それにその人明日もママとお仕事するんでしょ。ママになんて言おうかすごく悩んでると思うよ」

心のざわつきが一瞬にしておさまった。小さな身体から大きな言葉。言葉で抱きしめられたのは初めてだった。この子の母親でよかった。小さな背中をぎゅっと抱きしめた。

そんなことを思い出していたとき。

「母さん、さっきはきついこと言ってごめん。俺もちょっと言い過ぎた。ついいらいらしちゃって」

背中越しに言葉をかけられた。振り返るとはにかんで申し訳なさそうなニキビ顔。この子が息子でよかった。思春期の大きくなった背中を、後ろから抱きしめたくなった。

柔らかいコミュニケーション

けん

単身赴任生活をしていた自分にとって、妻や中学生の娘と過ごす週末の時間がいかに貴重でかけがえのないものだったのかを実感したのはやはり、新型コロナウイルスの感染拡大の影響で自宅への帰宅が事実上困難となった3月以降だった。コロナ以前の週末では、小学生から続けている娘のバスケットの送り迎えをすることが多く、車中の何気ない会話の中心が、ほぼ友達関係だったはずが、いつの間にかファッションや音楽、時には環境問題など、少しずつ多様に、そして大人びていくことに彼女の成長を実感してもいた。

3月に入ると、そんな些細な時間も失われてしまったが、それでも当初は、これまでには考えたこともなかった「非日常」が一気に現実となったにもかかわらず、リアルな深刻さとして実感できない、実感しづらい、どこか不思議な感覚も残っていた。その一方で、学校の休校や妻の在宅勤務が「日常」となって常態化し、出口が見えないまま長期化していく日々が強いストレスとなって一気に顕在化し始めたことが、折々のLINE電話等を通じて実感され始めると、何もしてあげられない、寄り添うこともできない無力感が自分自身にとっての新たなストレスともなった。

そんな風に時間が流れていったゴールデンウィーク直前の4月下旬の週末、娘から送られてきたLINEには、「パパ、課題レポートのお題が、『人々に伝える力を持ち、社会や世界を動かすスピーチが持つ要素・性質とは何か。またそれらはどのように人々や社会に作用しているのか。800字程度でポイントを絞って述べなさい』、ナンだけど、ナニこれ?、何を書けばいいのかまったくわかんないし、どうやって調べるのかも見当もつかないヨ」というメッセージが綴られていた。「これって中学3年生にはさすがに難しくないか?」と思いつつ、それでもせっかくの機会なので、スティーブ・ジョブズの「Stay Hungry Stay Foolish」を挙げた上で、「まずはこれを読んでごらん。その上で、レポートの骨子を一緒に考えよう」と返信した後、あれやこれやと、複数回のやり取りを繰り返すこととなった。

「でさぁ、このスピーチの特徴をまとめると、大きく3点、①複数のポイント(点と点はつながると信じよ・愛と敗北こそが人生を豊かにする・死を感じて今を生きよ)が具体的に挙げられて語られていること、②全体が一つのストーリーとして構成されていること、③ストーリーを象徴する適切なフレーズが使われていること、になると思うけど、どう?」

「なるほど、そうか。3つのポイントをストーリーとして受け止めると、『その場その場で迷うこともあるだろう。失敗すれば落ち込むことだってあるかもしれない。でも、それぞれが必ずつながると信じて、自分の道を行け。今を生きて迷わず、常識にとらわれず、歩いて行け』というメッセージが流れるように伝わってくるような気がする」

「このスピーチを聞いた人は、最後に語られる、『Stay Hungry Stay Foolish』のフレーズを忘れることはできないよね」

「そうかも。このフレーズはきっと心に残るだろうし、この先も折に触れて思い出すことになるんじゃないかな。きっと、スピーチに込められたメッセージを何度も考えると思う」

この後も、何回か相談はあったが、娘がどうにかレポートを仕上げた、この出来事が実は、自分にとって、家族と一緒に過ごせないことによって奪われた「大切な何か」の正体をハッキリと自覚するきっかけとなった。

失われてしまった大切な何かとは、「柔らかいコミュニケーション」だった。帰宅した際の週末では、例えば夕食時などは、一週間の間に起きた他愛もない、何気ないアレやコレやをワイワイと話し合えていたはずが、現実に会えなくなってみると、LINEやLINE電話を使ってやり取りをしてみても、「何かある?」「別に何もないよ」となりがちとなり、より踏み込んだ場合でも、レポート作成の相談だったりと、目的を限定しない、双方向の自由な会話は成立しがたく、現代のツールをもってしても、それが提供するものとは、目的的で直線的な「硬いコミュニケーション」になってしまっていた。
「そうか。LINEやLINE電話のやり取りがどこか味気なく、手触り感がなかったこと、家族に寄り添えていないと感じた、あの無力感やストレスの理由はこれだったんだな」と腹に落ちた時、「でも、この先もずっと帰宅できないとすれば、今までは当然のように思っていた、あの、満たされた感じや分かり合えた感覚は戻ってこないんだな」という事実が冷たく認識され、これまで抱えていた、ぼんやりとした感度の低い危機感がスーッと消えうせて、ザラっとした気分になったことを昨日のことのように思い出す。「会えない」という非日常は、柔らかいコミュニケーションを奪っていたのだ。

6月。何の前触れもなく、急遽、単身赴任解除の辞令が発令された。発令を受けた週末、慌ただしく転勤の引継ぎや転居の段取りやらを済ませて、久しぶりに我が家に戻ると、家族の温かい笑顔が待っていた。久しぶりの食卓、久しぶりの風呂、久しぶりのベッド。

疲れていたのか、ソファーで寝入ってしまった娘の髪に触れてみる。ふんわりとした手触りとともに、優しいシャンプーの香りが立ち上った。五感に届く、触れ合い、香る感覚の「リアルさ」が身に染みて貴重に思えた瞬間だった。

今後も、コロナ禍はそう簡単に収束することはないだろう。ただしそれでも、柔らかいコミュニケーションを取り戻そう。大切な人との些細なやり取り、コミュニケーションを大事にしよう。暮らしを共にすることで受ける五感の歓びを胸に刻もう。

よろずお片付け同好会

中川　浩

直美、良枝、玲子の明るい笑い声。

玲子　やっぱり部屋で喋るのが一番楽しいわよね。お店だと周りの人に何かと気を使っちゃって騒げないし。

直美　だからと言っていつも私の部屋を使うのはどうよ。

玲子　何かさ、あんたの部屋って綺麗に散らかってるのがいいのよね。

直美　何それ？　褒めてないよね絶対。

良枝　でもさ直美、ここにあるの全部元カレといた頃の物でしょ？　いい加減処分しないと次がないぞ。

玲子　（いまいましげに）その次よ。あんた営業1課の坂本君に頻りに誘われてない？

直美　そ、そんな事ないわよ。
玲子　とぼけてもダメよ。この前公園のベンチで並んで座っているのを見たんだから。
直美　それは……たまたま出会ったから。
玲子　ほー。そんなたまたまがある世の中なら私の人生もう少し希望が持てるんだけど。
良枝　こら。絡みすぎよ、玲子。
直美　そうよそうよ。
良枝　とは言え直美、あんたもとっ散らかしたこの部屋、何とかしなさいよ。次彼が来たら百年の恋も冷めちゃうよ。
直美　う、うん……。

電車車内の走行音。

直美M　あーあ。スマホでお片付けの仕方を検索しても、なんだかなあ……。みんな明るい調子で簡単にできますよー、みたいな事ばかり書いてあるけど、何か上から目線だなあって感じちゃうのは私だけかしら。

〝次は池袋、池袋。お出口は左側です〟との車内アナウンス。

直美M　あれ？　何これ、よろずお片付け同好会？　お片付けの集まり？　ふふふなーんか変わってる。でも……ちょっと行ってみようかな。

控えめな音量のＢＧＭ。客達の会話や食器の触れ合う音。

咲子　同好会入会有難う。敦賀咲子です。
直美　江口直美です。よろしくお願いします。
咲子　でも……何でカフェなんですか？
直美　どうして？
咲子　同好会って、みんなが一つの部屋に集まってワイワイガヤガヤやってるってイメージ持ってたから。
直美　ああそれ分かる。でもこれだけＳＮＳが発達してる時代よ？　気軽に連絡を取り合って好きな場所に集まればいいじゃない。
咲子　まあ、そうかもしれませんね。ところで他の方は？　そんなに多くないんですか。
直美　う～ん、結構いるっちゃあいるのよ。
咲子　けど基本この同好会には来ない。

直美　えっ？　それじゃ同好会の意味なくはないですか？
咲子　まー年に一回集まってお片付け報告会はやってるけどね。
直美　それだけ？
咲子　うん。ま、そんな事よりあなたは何をお片付けしたいの？
直美　何をって、そりゃあ……。
咲子　ごめんごめん。不躾な質問だったわね。
直美　いえ……お片付けの会なんですから訊かれて当然ですよね。
咲子　うちにはね、お片付けの好きな人や得意な人はまず来ない。だってそういう人達はさっさと片付けて自己完結してしまうから。むしろ同好会でありながらお片付けが嫌いもしくは苦手な人が訪れる。それも大抵の人が〝よろず〟という言葉に魅かれてね。（演技っぽく）お片付けと言ったら部屋の整理とかぐらいじゃないの？　なのに〝よろず〟なんて付ける意味ある？　（笑いながら）おかしいんじゃない？　（一転シリアスに）でも、もしかしたら私のお片付けの悩みを解決してくれるのかな？　（普通に戻って）という事で今あなたがここにいるんでしょ？
直美　ご、ご明察です。お芝居お上手ですね。
咲子　それじゃお話を伺うわ。
直美　はい……。そんなに込み入った話じゃないんです。会社にいいなと思っている男

咲子　性がいるんですけど、元カレの事が……。

直美　なるほど。心の中の元カレの思い出を片付けたい、てとこかしら？

咲子　は、はい……まあ。

直美　心がもやもやしたままじゃ先へ進めない。かと言って心の中をどうお片付けしていいか分からない。

咲子　その通りです！　咲子さんどうしたら片付けられるでしょうか？

直美　任せなさい。お片付けはまずは現場。

咲子　現場をよく見ないと話にならない。

直美　えっ現場？　これ心の問題ですよ？

咲子　お片付けの苦手な人は、色んな理由をつけて片付け物と正面から向き合おうとしない。見て見ぬふりをする。あなたが片付けるべき現場はちゃんと存在しているのよ。

直美　え？　どこに？

咲子　元カレ。それがあなたにとっての現場。

直美　わ、訳がわかりません……。

咲子　その元カレに向かって、気になる人ができたから、あなたとの思い出を片付けさせて頂きます。って宣言するの。

直美　そっそんなー！　そんな自己中で超絶恥ずかしい事言えません！。
咲子　そお？　人生で一度ぐらい〝変な女〟って思われるような振る舞いをしてみるのもいいかもよ。きっと後で振り返ったら楽しく笑えると思う。
直美　で、でも……。
咲子　いいから。あなた私に任せたでしょ？
　　さっ、そうと決まったら早速〝現場〟に向かいましょ。

都会の喧騒。

直美　あ、彼が来ました。
咲子　直美さん、頑張ってね。
元カレ　どうしたんだい？　急に呼び出して。
　　びっくりするじゃないか。
直美　あの……私、お片付けのためにあなたを呼んだの。
元カレ　お片付け？
直美　うん。あなたとの思い出をどうしてもお片付けできなくて……。でも今度別の。
元カレ　僕もだ！

直美　え？
元カレ　僕も君との思い出をうまく整理できない。片付け方が分からないんだ。でもそれは君が片付けるべきじゃないかけがえのない大切な人だから、と気づいたんだ。直美、また僕と付き合ってくれないか？
直美　え⁉　いやその……はい。
咲子　ええっ⁉
元カレ　ありがとう。じゃ今からあの思い出のレストランで再出発の祝杯を上げよう。
直美　咲子さん、ごめんなさい。私、お片付けできなかった。と言うかお片付けしなくて良かった。
咲子　そう、みたいね。
直美　でもそれに気づくきっかけを作って下さった咲子さんにはとても感謝しています。
咲子　うん。お幸せにね。
直美　こんなに親身になって助けてもらったんだから何かお礼をしますね。
咲子　いらないいらない。あなたもうちの立派なメンバーなんだから。でも年一回の報告会には参加してね。また連絡するから。
直美　はい分かりました。じゃ失礼します。

遠ざかっていく男女の靴音。

咲子M　人生のお片付け案件はまさに百人百様。とっても興味深い。という事で直美さん、お礼なんてしなくても十分見返りをもらっているのよ。だって私、同好会に相談に来る人のお片付けを手伝って、その体験を基に小説を書いているんだから。

世の中の役に立つ人になってくれてありがとう

大須賀　一夫

「俺、看護師になりたいんだ」、五年前のある日、当時高校三年生だった一人息子がこう呟いた。私立の中高一貫のそこそこの進学校に通わせ、将来は社会の第一線で働くような職業に就くことを秘かに期待していた父親の私は驚いた。しかし、「親の願う路線を踏ませようとして、進学校で成績が伸び悩んでいた彼が、本当にやりたいことが見つかったのだから、応援してあげよう。本人が自分で選んだ道ならば、たとえ失敗しても悔いはないはず。よし背中を押して、見守り続けよう」と私は決心した。

親に心配をかけまいと、息子はある県公立の看護大学に進み、勉学とアルバイトを両立させ、慣れない雪国で懸命にがんばってくれた。生徒自治会の役員やサークルに積極的に参加し、友人も多く、卒業式には総代に選ばれるくらいだから、人望もあったのだと思う。我が家にとても美人な彼女を連れてもきたが、容姿よりも性格を重視し、「相手を傷つけないように別れたんだ」と言うなど、芯の強いところもあって驚かされた。
そして、昨年4月、無事に大学を卒業し、ある県の子ども専門の病院で働き始めた。大学時代、老人や精神、色々な臨床研修を受ける中で、希望して働いてみたいと思ったのが、小児専門の病院だということだった。

彼がそうした選択をしたのは、おそらく幼児から小学校低学年の自身の体験によるものが大きいと思った。幼稚園のときに「慢性副鼻腔炎」、小学校低学年のときに「アデノイド」の手術のため、複数回の入院、手術を経験していた。たまたま知人の紹介で耳鼻咽喉科の名医に出会うことができ、完治することができた。その感謝と苦しい体験が彼の中で醸成し、このような進路の選択へと導いたのであろうかと私は思っている。

彼の配属先は、病棟担当ではなく手術担当であった。息子いわく余り人気のない部署だという。慣れない転地での一人暮らしは、大学生活と異なり、相当大変なようだった。

私には息子と娘の二人の子どもがいるが、妻に似たのか、私に似たのかはわからないが、子どもたちは、親に心配をかけず、弱音を吐かない忍耐強い子どもたちである。

下の娘は、高校のときにパティシエになりたくて、単身・長崎県の高校に入学し、知り合いも全くいない中、慣れない寮生活を経験し、無事パティシエの資格を取得した。卒業後は東京の大学に進学し、服飾のデザインを学び、今春に大学を卒業し、縫製・修繕の職場で働く傍ら、自分独自のデザインの洋服を考案して、自ら製作し、ネットで販売して驚くほど売れており、センスの良さに驚いている。

それぞれ全く異なる道に進んだ二人だが、「世のため人のため」にお役に立っていることが、親としては何よりうれしい。

さて、息子が就職してようやく一年が経過しようとしたとき、突然、日本を、世界を、新型コロナウイルスという未曽有の困難が襲った。日本でも緊急事態宣言が出され、都道府県をまたぐような移動が実質禁止となった。しかも、医療現場は周知のとおり、大変な状況へと変貌していった。ときどき夜にかかってくる息子からの電話からは、現場の窮状がひしひしと伝わってきた。感染の恐怖、長時間の手術は緊張の連続のようだった。息子は直接口には出さないが、「帰りたい！」という強い思いが伝わってきて胸が締めつけられるような思いがした。

「何事も石の上にも三年。お父さんもがんばるから、お前もがんばれ！」私は、そう心の中で叫んでいた。隣県にもかかわらず、容易に帰省ができず、七月になって、ようやく五か月ぶりで実家に帰ってきて対面した。「お疲れさま」そう労うので精一杯だった。

そんな息子から以前、今年の四月に心配の電話をもらったことがあった。「お父さんの勤めているリサイクル工場が火事ではないかと思って心配して電話したんだ」、私の勤める工場のすぐ近くの別の工場から出火した情報を耳にして電話をしてきたのだった。「ああ、お父さんの工場じゃないよ。心配しなくて大丈夫。ありがとう」そう言って電話を切った。

そう、私の仕事はごみの収集と中間処理を行う工場の現場責任者。今回の新型コロナウイルスで、最も注目を集め感謝されることの多くなったのが、医療関係従事者、そして次が日ごろ日の目を見ることのない私たちごみ収集の業務に従事する人々だった。

「小さい子どもたちが、手術の不安に耐えながら、一生懸命がんばっている姿や、執刀する医師の大変さを思うと、俺もがんばらなくてはと思うんだ」

親ばかだが、本当に自慢できる息子である。私は父親として何もしてあげることはできないが、せめて息子に恥じないよう日々を誠実に真摯に生きていきたいと思っている。

おかげさまで、私はこのコロナ禍にあっても、「日々是好日」に過ごさせていただいている。照れくさくて面と向かっては言えないが、二人の子どもたちに「いつも本当にありがとう」と言ってあげたい。

銀杏(いちょう)くん

晩夏

銀杏くん。この甘美な名前を口にするときだけ、わたしの八重歯はくちびるからこぼれ出る。それ以外は、八重歯は隠れたままだ。いつも笑いも怒りもしないから。すべての感情を、忘れてしまって久しいから。

銀杏くんというのはわたしが二十歳のころから六年あまり交際していた男性で、コロナウイルスのせいではなく、もっと前に、わたしたちは破局した。わたしたちを隔てたのは目に見えない未知のウイルスではなかった。お互いを見くびり、「こんなもんだろう」と妥協し、期待することもなく怠惰な時間を過ごすことをよしとする心。彼はそれすらかけがえのないものだと主張したが、わたしのほうが耐えられなくなった。しだいに心理的にだけではなく、物理的に隔たりができるようになり、そして、そのまま一切会わなくなった。それが去年の夏のこと、銀杏くんは心を病んでいた。

一回目の緊急事態宣言が出されているころ、銀杏くんと一度電話をした。彼はわたしの相談に乗り、何も求めずに話を聞いてくれた。銀杏くんは、私と話すのはたのしい、また前のような関係に戻りたいと言った。わたしは声だけで笑った。彼はわたしが今まで出会ってきたなかで最もこころのやさしい人間だった。誰が何と言おうと、そうだった。今後どのくらい生きても、銀杏くんよりやさしい人に会うことはないだろう。そんなやさしい彼を、わたしは傷つけているのだった。

人が亡くなるニュース、特に自殺のニュースを目にすると、わたしはとっさに銀杏くんのことを思い、居ても立ってもいられない気分になった。彼の心は転覆寸前の小舟だった。銀杏くんに二度と会えないなんて、考えられないといつも思うし、「あなたはナルシストだから自殺なんてするわけない」と言った海外ドラマの主人公をぶん殴ってやりたくなった（実際のところは、おととしのクリスマスイヴに部屋の壁をぶん殴って穴をあけたのは銀杏くんだ）。けれど、「また付き合いたい」という彼の希望にこたえられないことは、よくわかっていた。

コロナウイルスの影響で、遠くに住む「会うべき」人々（家族や、親戚など）とは、会いにくい状況が続いている。しかし、近況報告すらできる見込みの低い、わたしにとっての銀杏くんのような人には、連絡をとりやすくなっているのもまた事実であると思う。

「コロナ大変だけど、最近どう？　元気？」

という塩梅である。真夜中に送ったLINEは、すぐに返ってきた。わたしは、もはや銀杏くんなしでは生きていけないのだった。それならば、なぜ別れてしまったのだろうか？　また付き合えばいいのでは？　なにもわからなかった。

満員電車に乗らなくていい、合法的に遅刻できる、嫌な飲み会もなくなる。このモラトリアム的新しい日常のなかで、ろ過されて残った存在。それが銀杏くんなのだ。長い目で見れば、彼とずっと一緒にいるのがわたしにとっての幸せであるのかもしれないという気はしていて、頭ではわかっているのに、しかし、どうしても踏み込めない自分がいる。簡単によりを戻してしまっては、別れるというわたしの選択が間違っていたと認めることになる。それが、たまらなく怖い。それに、もう一度付き合ってもまたうまくいかなくなる可能性だってある。

会わなくなって一年、季節は夏のど真ん中で、直射日光が苦手な銀杏くんを思い出す。眉間にしわを寄せた表情、汗で色が変わったTシャツ、シダーウッドの香り。次に銀杏くんに会うことができたら、わたしはこのあいまいな気持ちを、伝えられるだろうか。正直にすべてを言えるだろうか。わたしたちは、あと何回、向き合うことができるのだろう。

季節が変わって、ひとつ歳をとっても、このウイルスとの日常は、きっと続いていく。どうにもできないことがほとんどで滅入ってしまうが、この世に、無駄なことなんてきっとない。いまは銀杏くんに会えないし、自分のことも他の誰のことも愛せない、それでもきっと、人生に意味はある。先のことはわからないけれど、漂っていたい。猶予期間のつもりで。すぐに答えを出せなくても、自分のことをもう責めない。

そして、銀杏くんが心身ともに健康であり続けることを願って、この文章を締めくくりたい。いままでも、これからも、ありがとう。また、どこかで。

無駄話

山田　志穂

登場人物
・男
・女

夜のオフィス。
隣り合ってパソコンに向かう二人。
女、デスクの引き出しを開ける。

女　あ。

男　え。
女　お茶パック切らした。
男　お茶パック。
女　まあいいかお湯で。

女、ポットでお湯を入れ、すする。

女　熱、
男　ティーバッグのこと言ってます?
女　ん。
男　ティーバッグのことですよね。
女　お茶パックだよ。
男　それあれですよ。茶葉入れる袋のこと言うんですよ。
女　あー
男　最初から茶葉入ってるのはティーバッグ。
女　なんかさ。お湯も美味しいもんだね。
男　無視か。

女　お茶パック入れないと飲めないと思ってたのにさ。
男　ティーバッグ。
女　無いなら無いで意外といけちゃうんだよね。
男　お湯。
女　そう。
男　良かったじゃないですか。
女　何が。
男　お湯のまま飲めるならいいじゃないですかそれで。楽でいいじゃないですか。安上がりだし。

女　いやあ。
男　なんですか。
女　私さっきまでお湯は美味しくないと思ってたんだよ。
男　はい。
女　そしたら意外と悪くなくて。
男　美味しかったんですね。
女　未開の地に足を踏み入れてしまった。
男　新しい発見ですね。

女　世界が広がってしまった。
男　良かったじゃないですか。
女　良くないよ。
男　どうして。
女　せっかく安定してたのに。
男　安定？
女　私仕事するときの飲み物決めてるのね。
男　お茶。
女　と、コーヒー。
男　ああ。飲んでましたね。
女　で、順番も決めてる。
男　飲む順番？
女　午前中はお茶で昼過ぎたらコーヒー。で、残業するときはお茶。
男　ふーん。
女　ずっと安定してたのに、お湯も飲みたくなってしまった。
男　飲めばいいじゃないですか。
女　そういうわけにいかんよ。

男　どうして。
女　習慣だもん。
男　習慣。
女　習慣を変えるって難しいんだよ。
男　そうですかね。
女　例えばこの会社まだＦＡＸ使ってるでしょ。
男　はい。
女　不便だよ。送信ミス多いしデータ保存できないし小さい文字見えないし。
男　ああ、
女　なのに使い続けてる。
男　まあ、そうですね。
女　不便なのはね、みんな分かってるんだよ。でもやめられない。習慣だから。
男　はい。
女　お茶もそうなの。
男　はい？
女　変えられないの。習慣だから。
男　じゃ、変えなくても、

女　でもお湯も飲みたいよ。
男　じゃ、変えたら。
女　でも変えられない。
男　ええ。じゃあどうするんですか。
女　どうしよう。どうしたらいい。
男　知りませんよ、そんなこと。自分でなんとかしてくださいよ。
女　えー。冷たいなあ。

男、仕事に戻ろうとするが

女　なんかさ。
男　……はい。
女　引き出しの中に常備してたんだけどさ。
男　お茶。
女　お茶、コーヒー、お茶。お茶、コーヒー、お茶って。
男　並べてるんですか。
女　あ、今は無いよ。切らしてるから。

男　並べてるんですか。
女　うん。
男　えー。順番に？
女　そう。
男　マメですね。
女　マメではないでしょ。
男　マメですよ。だってわざわざ袋から出して一個ずつ並べるんでしょう。
女　うん。
男　手間ですね。
女　手間ではないでしょ。
男　手間ですよ。普通まとめてお茶、コーヒーって置いておくだけですよ。
女　でもそれ迷わない？
男　迷うって。
女　次どっちにしようかなって。
男　迷うんですか。
女　喉乾いたなって引き出し開いてさ。お茶、コーヒーって置いてあったらさ。迷うよ。
男　いつ何飲むか決めてるんじゃないんですか。

女　決めてる。
男　じゃあ迷わないでしょう。
女　迷うでしょ。そんな置き方。「どっちがいいですか」って聞かれてるみたいじゃん。
男　ええ。
女　「選んでくださいよ」って言われてるみたいじゃん。お茶のつもりで引き出し開けてもさ、ああコーヒーも捨てがたいなあってなるかもしれない。
男　はあ……
女　でも並んでたら大丈夫。順番だから。
男　えっと、
女　引き出し開けて一番手前のやつ取るだけ。それが正解。
男　要するに迷いたくないんですね。
女　ん？
男　お茶かな、コーヒーかなって。迷うのが嫌なんですね。

間。

女　へえ。

男　へえってなんですか。
女　なるほどね。
男　いや知りませんけど。
女　そうかもしれない。迷ってる時間がもったいないっていうか。
男　まあ。決めておいた方が楽っていうのは分かりますよ。
女　スティーブもそうだしね。
男　スティーブ。
女　うん。
男　スティーブ？
女　うん。

女、お湯をすする。
そして仕事に戻ろうとする。

男　いやいや。
女　へ。
男　説明してくださいよ。

女　何が。

男　誰ですかスティーブ。どのスティーブ。

女　アップルの人だよ。アイフォン作ったでしょスティーブ。

男　なんだジョブズか。

女　あの人いつも黒いタートルネック着てたでしょ。下はジーパンでさ。

男　そうでしたっけ。

女　あれも「毎日何着るか考える労力が勿体ないですね」みたいなことらしいよ。

男　へえ。

女　ていうかジョブズって（笑う）

男　え。何。

女　言ったじゃんさっき。ふふ。ジョブズ。

男　なんで僕がおかしいみたいな感じになってるんですか。普通に言うでしょう。

女　言う？

男　言いますよ。

女　嘘だあ。だってジョブズって苗字だよ。

男　だったら尚更ジョブズでしょ。「内閣総理大臣誰ですか」って聞かれて「義偉さん」
　　って答えますか。

女　よしひでさん？
男　「菅さんです」って言うでしょう。
女　おお。菅さん義偉さんなの。
男　ほら。そういうことですよ。苗字の方がなじみあるんですって。
女　なにそれずるい。
男　何がずるい。
女　例えが悪い。
男　どうして。有名どころでしょう。
女　菅さん日本人だもん。スティーブはアメリカ人だよ。
男　だから。
女　日本とアメリカは文化が違うでしょ。
男　文化って……
女　アメリカ人で例えてよ。
男　じゃあ「アメリカの大統領誰ですか」
女　トランプ。

間。

女　え。トランプ。
男　いや聞こえてますけど……そこはドナルドって言わないと。
女　なんで。
男　だから。今、僕が苗字派でしょ。
女　うん。ジョブズ派。
男　そう。僕ジョブズ派。
女　私スティーブ派。
男　てことは僕トランプ派で、
女　私もトランプって言うよ。
男　だからそこは名前派なんだからドナルドって言わないと、
女　ドナルド（笑う）
男　ええー。そこ笑っちゃう？
女　マックかよ。
男　いやアヒルでしょ。
女　え？
男　え？

間。

女、男の顔を見ながらお湯をすする。

男　……なんですかそれ。

女　……（お湯をすすっている）

男　え。怖い怖い。どういう感情。

女　……（すすっている）

男　ねえ。なんで僕見られてるんですか。

女　見てないんですけど。（見てる）

男　なんで僕のこと見ながらお茶飲むんですか。

女　これお茶じゃないんですけど。

男　お湯！

女　んふふふ。

男　……ふざけてないで早く仕事してくださいよ。

男、パソコンに向かう。
女、しばらく男を眺め、

女　寂しい？
男　まだ先でしょう。
女　もうすぐだよ。あと一月と、ちょっと。
男　まあ。
女　寂しい？
男　別に。寂しくないですよ。
女　ほんと？
男　はい。
女　貴重な残業仲間がいなくなっちゃうんだよ。いいの。
男　仲間だったんですか僕たち。
女　えー。違うの。
男　仲間だと思ったことはないですね。
女　じゃあ何。
男　……

女　ねえ。何。
男　会社の先輩。
女　…ふうん。
男　なんですか。
女　別に。なんでもないです。

仕事を再開する女。

男　残業ないといいですね。
女　ん。
男　転職先。
女　あー。
男　ホワイト企業。
女　そうだね。ここよりは。
男　へえ。
女　FAXなんて使ってないよ。きっと。
男　どうでしょうね。

女　何しようかな。
男　何が。
女　夜だよ夜。こんな遅くまで仕事しなくて良くなるんだから。
男　ああ。
女　遊びに来てあげようか。
男　ここにですか。
女　うん。
男　意味分からないでしょう。
女　なんで。そしたら寂しくないでしょ。
男　寂しいって言ってないし。
女　素直じゃないなあ。
男　どうせ来ても無駄話ばっかりするんでしょうね。
女　無駄話って思ってたの。
男　はい。
女　えー。
男　だから毎日こんな時間まで残ることになっちゃうんですよ。
女　おお。言うねえ。

男　時計見てくださいよ。９時ですよ、９時。
女　はいはい。分かったよ。ならば私はそろそろ帰ってあげよう。
男　え。終わったんですか。
女　終わんないけど。明日朝早く来てやろうかなあ。
男　そうですか。

女、帰り支度を始める。
男、引き出しから小さな箱を取り出し、女のデスクに置く。

女　ん？
男　どうぞ。
女　えっ。何。

箱を開ける女。

女　紅茶。
男　切らしたんでしょう。ティーバッグ。

女　お茶パックね。
男　どっちでもいいですけど。
女　くれるの。
男　はい。どうぞ。
女　おお、ありがとう。
男　バラエティパックです。
女　え。
男　ダージリン、アッサム、アールグレイ等々ざっと十種類はありますかね。
女　……なんてこった。
男　迷うでしょう。
女　迷うよ。
男　迷うの嫌ですもんねえ。
女　わ。君それ分かっててこれ、
男　どれがいいですか。
女　えっ
男　選んでくださいよ。
女　えええ……

男、女の手から箱を取り、ひっくり返す。
散乱する紅茶。

女　ちょ、何してるの。
男　ブラック？
女　へ。
男　コーヒー。いつもどうやって飲みますか。
女　ああ……ブラック、かな。
男　ならダージリンとかどうですか。
女　ダージリン……
男　香りが良いのでストレートティーに向いてます。
女　そうなの。
男　ディンブラもあっさりしてて美味しいですよ。
女　へえ。
男　ミルクティーは好きですか。
女　えっと……嫌いじゃないけど。

男　じゃあこれ。（一つ渡す）
女　アッサム……
男　アッサムはミルクティー向きなんです。ちょっと癖ありますけど、渋みとコクがある。
女　そうなんだ。
男　フレーバーティーって分かりますか。
女　ううん。
男　香り付きの紅茶のことです。えっと……これ。アールグレイとかアップルティーとか、
女　うん。
男　苦手な人も多いですけどハマると楽しいんですよ。香りが強いから夏場はアイスティーにしても美味しく飲めるし。
女　へえ。すごい。
男　まあ。こんなのは定番ですけど。
女　面白いかも。
男　でしょ。
女　知らなかった。紅茶って全部一緒だと思ってたよ。

男　悪くないでしょう。選ぶのも。
女　え？
男　迷うのも。
女　……うん。

散らばった紅茶を眺める二人。

男　習慣は変えられます。
女　うん。
男　楽しめばいいじゃないですか。知らないことも新しいことも。
女　……
男　迷う時間も良いもんですよ。意外と。

女、笑い出す。

男　え。何。
女　……いや。なんか面白くて。

男　面白い？
女　君っていい人だね。知らなかったよ。
男　ええ。今更？
女　うん。
男　何年も一緒に働いてきたのに。
女　そうだね。
男　遅いですよ。気付くの。
女　うん。
男　遅いですよ。
女　うん。
男　今更。

間。

女　……何。寂しいの。
男　はあ？　なんでそうなる。
女　だって。なんか、しんみりしてるから。

男　してませんよ別に。
女　ほう。
男　してませんって。しんみり。
女　はは。そうかそうか。
男　……
女　よし。せっかくだから一杯やろうぜ。
男　え?　飲みに行くんですか。
女　違うよ。紅茶でしょ。
男　あ、ああ。

男、散らばった紅茶を丁寧に並べる。

男　はい。どれがいいですか。
女　うん。
男　選んでくださいよ。
女　……じゃあ、

（幕）

線香花火

渡邊　りりあ

「花火って、すげえ綺麗なのに、なんでこんなに切ない気持ちになるんだろうな」

昔、あなたが言った言葉を、夏になると思い出す。大人になった今でも、その答えはわからないままだけれど。

「よ。来週そっち帰るんだけど、会えそう？」

仕事の休憩中に届いた一通のメッセージに、ドキッとした。彼は中学の同級生。もう五年以上会っていない。同じクラスになったのは一年だけだったけれど、今も鮮明に思い出せるほど、濃く甘酸っぱい記憶だ。廊下から響くペタペタした足音、ゆるく着たジャージ、部活に向かう後ろ姿、教科書をめくるスラリと長い指。優等生の私とは違ってクラスの中心的存在なのに、皆が遊ぶ様子をベランダに座って眺める姿は、いつもどこか憂いを帯びていた。私はガラケーを持っていたけれど、彼は持っていなかった。藁半紙の裏面に書いた手紙の内容は忘れてしまったけれど、渡すときにすごく緊張したことだけは覚えている。

夏には、彼と友人と数人で地元の花火大会へ行った。張り切って着飾ったのに、彼は浴衣姿を真正面から見てくれることもなく、私は少し不機嫌だったと思う。いつも以上に目が合わなかったけれど、一緒に見上げた大きな大きな黄金の錦冠は、今でも夏の象徴みたいに、瞼の裏に焼きついて離れない。

彼は地元の高校に、私は市外の高校へ進学した。毎日が忙しく、彼のことを考えることもなかった。でも、夏という季節が来る度に、私は彼のことを思い出した。毎年花火を見るせいだと思っていたけれど、未知のウイルスによって花火大会が開催されなかった今年も、それは変わらなかった。


「よ。久しぶり。元気してた？」

「元気だよ。仕事忙しい？　体大丈夫？」

「俺は元気だよ。体強いし、鍛えてるから。そっちこそ、忙しそうじゃん？」

「乾杯」

冷えた中ジョッキをカツン、と合わせる。

静かな店内でソーシャルディスタンスを守りながらの再会は少し切ないけれど、お互いぽつりぽつりとこの五年のことを話し始める。仕事はどうだとか、これにハマっている、とか。最近よく周りの人に聞かれること、例えば将来どうするとか、人生の転機がとかコロナ対策とか、そういう重い内容でないことが、今の私にはありがたかった。

「今年は祭りもないし、花火でもすっか」

「花火なんて大丈夫かな。最近は公園も厳しくなってるって聞いたよ」

「お前は相変わらず真面目だなあ。派手なのやらなければ平気だよ。川の近くなら水もあるし安全だろ。ゴミもちゃんと持ち帰るし」

ほんのり紅くなった頬を冷ましながら、近くのコンビニに立ち寄った。自粛生活が続いている影響か、いつもなら売れ残っている花火の棚は、上から下まで空になっている。

「一つあったよ」

棚の隅っこに隠れていたのは、くたくたになった線香花火の袋だった。


河川敷に着く頃にはほとんど酔いが冷めていたけれど、私たちは何も敷かず、草むらにドサッと腰をおろした。彼は綺麗な指で丁寧に、くっついた線香花火をほぐしている。

「よし、じゃあ勝負するぞ。先に落ちた方が負けな。罰ゲームはお前が決めていいから」

「えー……じゃあ、今までお互いに言えなかった秘密を一つ言うのはどう?」

「いいよ。俺負けないし。ほら、火つけるぞ」

線香花火の命は四十秒しかないという。幼い頃は三分くらいに感じたのに、意外と短いな、と思った記憶がある。気づくと手元の火はぷっくり膨らみ、パチパチと鳴っている。

「……あっ」

十秒も経たないうちに、私の火玉が先に落ちてしまった。二人とも黙ったまま、彼の手元で光る小さな火を見つめる。誰もいない河川敷に響く花火の音は、ゆるやかな川の音と混ざって、とても幻想的だった。

柳の火は静かに形を変え、ぽっと地面に落ちた。

「花火って、すげえ綺麗なのに、なんでこんなに切ない気持ちになるんだろうな」

聞いたことのあるセリフに、ドキッとした。

「昔も同じこと、言ってたよ。覚えてる？」

「言ったか？　そんなこと、よく覚えてるな」

彼は缶ビールをひと口飲んでから、さっきよりもリラックスした表情で草むらに寝そべった。

「線香花火って、四つの段階に名前があるんだってさ。牡丹、松葉、柳、散り菊。一分もないのに、すげえなって思ったことがあるんだよ」

「へえ。それは知らなかったな。線香花火の燃え方は人生を表す、とも言うよね」

「俺らは、いまどの辺なんだろうな。二十八歳。まだ牡丹か、そろそろ松葉になるのか、もうなってるのか……」

「急に、ロマンチックなことを言うんだね」

私も彼を真似てぐいっとレモンサワーを飲んでから、地べたに腰をあずけてみる。

「秘密、そろそろ思いついたか？」

「んー……」

私は急に照れくさくなって、半分起こしていた体を全部地面にくっつけた。こうしていれば顔を見られることもないから。

「ねぇ、中学生の頃のことって、覚えてたりする？」

「中学？　結構、覚えてると思うけど。部活のこととか、勉強さぼってたこととか」

「バレンタイン、覚えてる？　私があげたの」

「そりゃ、覚えてるよ。野球ボール型のクッキーな」

「え、それは覚えてない」

「嘘だろ、お前が作ったのに」

二人で上を向いたまま、声をあげて笑った。私は覚えているけれど、彼が忘れていること、彼が覚えているけれど、私が忘れていること。両方あってなんだかおかしくなった。

「私……あんたが初恋だったよ」

「ん。知ってるよ」

彼らしい返事だな、と思う。知っていることも、知っているのだけれど。

「次は、あんたの秘密も教えてよ」

彼は寝そべったまま、顔だけこちらに向けているのがわかる。ずるいな、と思いながら、私は目線を夜空に逸らした。

「ん、俺の番な。今日さ、久々にお前に会いたいって思ってたんだ。テレビで暗いニュースばっか流れる中で、打ち上げ花火の中継やっててさ。お前の浴衣姿思い出したんだよ」

私は、彼があのお祭りのことを言っていると理解するまで、数秒かかったと思う。

「嘘だ。だってあの日、全然こっち見てくれなかったじゃない」

「そんなわけないいだろ。お前が見てないとこで見てたんだよ。薄紫色の大人っぽい浴衣でさ、ドキドキしたよ、マジで」

彼も少し恥ずかしくなったのか、くしゃっと笑いながら目線を空に戻してしまった。昔のことを話すのは、なんだか心がとてもくすぐったいのに、夏の夜に吹く風みたいに心地良いんだなと思った。

「お前は何も変わらないな、ほんとに」

私は少しむっとして、彼の方に体を向ける。

「そんなことない。私はあんたと違って大人になったんだから」

「ごめんごめん。お前はさ、誰もやりたくねー委員引き受けたり、クラスで問題が起きりゃ、先生まで説得して仲裁して。よくやるなと思ってたよ。真面目で、でもほっとけなくて。だから、浴衣着てきたあの日の……ほっとした表情が忘れらんないのかもな」

彼の一言一言を聞いているうちに、胸の奥の方に閉じ込めていた記憶が段々蘇ってくる。

「そんなこと……今言われても、困る」

「はは。今も多分、仕事も無理して頑張ってんだろうけど。頑張り過ぎんなよ」

「もう。わかったみたいに言うの、やめてよ」

まだむすっとしている私を見て微笑みながら、頭をぽんぽんとあやす掌は、昔よりもっと大きくて大人びていて、あたたかい。

「もう一回勝負しよ！　今度は負けないから」

起き上がってぐびっとお酒を飲む私が面白いのか、けらけら笑いながら頬杖をつく姿は、なんだかすごく色っぽくて、嫌になる。

「負けず嫌いなとこも変わんねえなあ。ほら、好きなだけ付き合ってやるよ」

目を細めながら今日一番柔らかく笑う彼を見て、この人には敵わないな、と思った。テレビを観てもスマホを見ても、何をしていても暗い気持ちが続いていたこの数ヶ月。昔と変わらない彼の笑顔に、私は救われた。

これからもきっと、夏になると、花火を見ると。君のことを思い出すんだろうと思う。甘酸っぱいレモンの香りと、二本目の線香花火越しにちらりと盗み見た、悔しいくらい綺麗な横顔も一緒に。

走れ、ハル！

カモチ　ケビ子

ハル、ハル、と家族から呼ばれていた義父が入院した。

おっちょこちょいでいじられキャラ、人懐こくて、でも一人でどこかにふらりと出かけてしまう。

本来あるべき父親像の真逆ともいえる男がハルであった。

散歩が好き、話好き、人好きのハル。散歩に出かけたと思ったらしばらく帰ってこず、そしていつの間にか引っ越し先でも友人を作ってしまう達人。家族からしてみれば、「いつの間に！」という人間関係があっという間にできてしまう不思議な魅力の持ち主だ。

コロナウイルスの影響で週に数回通っていたデイケアが閉鎖され、散歩好きのハルも家にこもるようになった。高齢者が特に危ないのだからとニュースで見聞きし、怖さも募り家にいる。

するとと日々の散歩で克服しつつあった病気の後遺症さえ後戻りをしていった。

ハルから元気と気力を奪ったコロナ禍のゴールデンウイークのことだった。

「ハルが食事を戻した！　どうしよう！」

義母が夫に大慌てで電話をしてきた。

電話から漏れ聞こえる大声にパニックの大きさを知る。

「ちょっと落ち着いてよ。症状はどうなの？　はいはい、はいはい、はいはいじゃあね」

息子というのはどうしてこんなに母親に冷たいものか、電話をそばで聞くたびに不安になる。

将来、私が病気になって「あなた、体調が悪いのよ」と言おうものなら「はいはい、はいはいじゃあね」とぶっきらぼうに言われるのだろうか。

夫は冷たく電話を切った後「明日様子を見に行ってくるわ」と言った。

両親が近距離に引っ越してきてから、心は裏腹、しょっちゅう様子を見に帰る息子であった。

「なんだか、飲めねえ！」

病気の後遺症でうまくしゃべれないハルであったが、自分の不具合を茶化しながら教えてくれる。

茶化すから「なんだ、まだ余裕があるではないか」とこちらは思ってしまっていた。ゴールデンウイークから数週間、やはり食事をすると戻してしまうので病院に行ったら即入院となった。

「ちきしょう！　しょうがねえな！　肺炎だった！」

また茶化しながら言うもんだから、食事が摂れないことがそれほど辛くないのではないかと思うくらい元気に見えた。

コロナウイルスの影響でお見舞いも少人数、十分までと制限が多く、これでは入院しているハルもさみしいであろうに。

夫は毎日のように病院に通い続けた。

「十分でもいい、何かあったら困るから」と、会社をお昼ごろ出て十分のためにせっせと通った。

その後細かく検査をし、大きな病気が見つかった。

「緩和ケアがある病院に転院することになった」

涙を浮かべながら夫が言う。

「緩和ケアって……」

「うん。結局がんだった」

「……」

「……」

言葉にならない言葉を交わしてお風呂をいれた。

転院しても夫は毎日病院に通った。

これまでハルと呼んでいたのにしおらしくお父さんと呼び始めた。

大学に入る時に買ってもらった三十年前のブレザーを引っ張り出して病院に着て行き、ハルが大好きなハワイアンミュージックを聴かせたいとウクレレの猛練習を始めた。

数日で曲をマスターし、病室でハルに披露した時にはハルは感想を言うことができなくなっていた。

紙に五十音を書き、指差ししてもらう。

イエス・ノークエスチョンをしてイエスだったら手を握ってもらう。

こうしたコミュニケーションを試しながらなんとかいつも通りハルとの時間を過ごそうと努めた。

嫁ができることは限りなく少ない。

病室で「お義父さん、大原麗子ですよ」と言いながら手を握ると握り返さない義父。

仕方がない、名前を告げると握り返してくる。まだ目は見えているのがわかった。


七月に入り、コロナウイルスが再び感染者数を伸ばしているとのことで、お見舞いの制限がさらに厳しくなり、これまでは義母と夫が一緒に見舞えたものができなくなった。

「ハルが死んじゃう、どうしよう」と泣く。「俺がしっかりと看取るんだ！」と意気込む。感情が制御できず明らかに参っているのが見て取れた。日によって状態が変わる父親を受け容れられないでいるようだ。


昔の写真を引っ張り出して、ハルの笑顔を見ては泣いている。今も昔も変わらないのは義母の派手なファッションだ。赤のセットアップを着こなすのはヒラリー・クリントンか義母くらいのものだ。

「コロナが憎い！　こんな時にお見舞いさえできないなんてあんまりではないか！……あれ、そういえば去年ハルが言ってたな。俺はオリンピックまでは生きるんだって」

スポーツが好きでハル自身も病気をする前まではアマチュアランナーとしてあちこちのフルマラソンに参加していたほど。東京オリンピックを誰よりも楽しみにしていた一人だ。

「あんなこと言うから、本当にオリンピックまでになってしまうじゃないか！」夫がぼそりとつぶやくようになった。

「オリンピックまで生きると言ったんだから、来年のオリンピックは一緒に観ようぜ、なあハル！　お父さん！」と声をかけるようになった。

「東京オリンピックを観ようぜ！」

「聖火ランナーの最終はだれだろうな」

「今度は俺たちとオリンピックを観るんだから元気になれ、ハル！」

オリンピックを餌に励ますようになった。

ベッドの足元には愛用の青いランニングシューズ。いつでも走っていいのだ、ハル！
本当ならオリンピックの開会式があるはずだった日の数日前にハルは旅立った。
棺にはランニングシューズとフルマラソン大会のゼッケンを一緒にいれて。
そうだ、天国への旅立ちではなくてあれはスタートだ。
天国でもあっという間に仲間を作ってしまうだろう、ハル。
来年、本当に東京オリンピックが開催されたら地上と天国で一緒に観戦しようや。

走れ、ハル！

親子水入らずドライブ

こげちゃん

海外在住歴が二十年に近づいてきている私、渡航したての頃は両親も若く、空港・実家間を車で送迎してくれるのが、ただ単純に嬉しかった。日本へ到着する時には、母がおにぎりと卵焼きを作って空港に来てくれた。

母のおにぎりは、具が何種類も入っていて、日ごろはピアノを弾いている、あの母の大きめな手で握るから、ちょっと大きめ。食べる場所によって、鮭が出てきたり、昆布の佃煮が出てきたり、醤油味がついた鰹節が出てきたり……そうそう、時には前の日の残りの焼売をケチャップと醤油で煮た物が入っていることもあった。

私はいつも、父の運転する車の中で、そんな母のおにぎりをぱくぱく食べながら、止まらないおしゃべりをしていた。私もまだ二十代、若かったからか、長時間のフライトの後でも、母の握ってくれたおにぎりは幾つでも食べられたし、疲れ知らずでしゃべり続けられた。ペットボトルのお茶で喉を潤しながら、実家までの二時間半ほどのドライブを、しゃべりっぱなし、食べっぱなしで楽しんでいたのをよく覚えている。

五年以上経った頃だっただろうか。ふと、いつも通りに空港で出迎えてくれた両親の体がとても小さく見えた時があった。あぁ、両親ももう若くないんだな、と思った瞬間だった。

それでも、空港からの、または一時帰国を終えて空港に向かう時のドライブは、まだまだ私の楽しみだった。一年に一、二回一時帰国をしていた為、半年に一度の親子水入らずドライブ。今思えば、本当に貴重な時間だった。

でもある時、覚悟を決めて両親に伝えた。「空港まで送ってくれなくて大丈夫だよ、最寄りのバス停まで送ってほしい」

一時帰国を終えて空港から出発する日は、両親が帰路につく頃には空も暗く、夜間のドライブになる。日頃夜更かしをしない両親だから、夜のドライブは疲れも出るし、眠くもなる。あの小さく見えた体を思い出すと、一人になった機内で私も心配が募る。ある時から、別れの寂しさよりも、両親の帰路の方を心配する気持ちの方が強くなるようになった。だから、覚悟を決めて伝えた。

もう若くないんだから、と引導を渡すような発言で、心が痛かった。両親が傷つくかしら……とも思った。でも、何よりも両親が大切だから、大好きだから、無理をしないでほしかった。下手に無理をして、私のせいで何かあったら、私は一生後悔と共に生きることになる。それは嫌だから、と、想いを込めて伝えた。

初めは驚き、戸惑っていた両親だが、まずは父が、私の気持ちを分かってくれた。そして母も。

今は、基本的にバスを使って、空港・実家間を移動している。海外から日本に帰ってすぐに食べる、あのおにぎりが懐かしくなるけれど、それは大切な思い出にして、今度は、夕食後にお酒を飲みながら、おつまみを食べつつ、止まらないおしゃべりをする……そんな時間を大切にしていこうと思う。

一時帰国という限られた時間の中ではあるけれど、両親との親子水入らずの時間を、これからも大切にしたい。

for you... 大切なあなたへ

2021年８月30日　初版第１刷発行

編　者　「for you... 大切なあなたへ」発刊委員会
発行者　瓜谷 綱延
発行所　株式会社文芸社
〒160-0022　東京都新宿区新宿１－10－１
電話　03-5369-3060（代表）
03-5369-2299（販売）

印刷所　株式会社晃陽社

ISBN978-4-286-22831-0